꿈을 가진 여성들의
경력단절 극복기

다시, 시작하는 여성들

꿈을 가진 여성들의 경력단절 극복기

다시, 시작하는 여성들

인굿북스

김선영
임하율
김지혜
길진화
남승화
황윤정

———

지음

추천의 글

"다양한 배경과 경험을 가진 경력 보유 여성의 진솔한 담론을 통하여, 우리가 직면한 변화하는 사회의 다양한 현상들을 함께 공감하고, 여성적 감성으로 세상을 읽고, 사회참여를 확대해 나아갈 수 있는 희망의 메시지를 얻을 수 있는 상큼한 내용."

(사)한국산업관광협회 이사장 김혜진 (『산업관광과 체험교육』 저자)

"경력단절은 말 그대로 멈춤이고 끝이 아닙니다. 각기 다른 배경과 경험을 가진 여성들의 어떻게 자신만의 길을 찾고, 새로운 도전에 나섰는지 보여주는 이 이야기는 많은 이들에게 희망과 용기를 주리라 생각합니다. 언젠가 우리가 모두 각자의 이야기를 써 내려갈 때에 힘이 되는 한 페이지를 만나기를 바랍니다."

더하트컴퍼니 대표 김민하

다시, 시작하는 여성들

"끊어진 줄 알았던 시간과 공간의 저 아래에, 질긴 뿌리가 자라나고 있었음을 일깨워 준 그녀들의 단단한 글 뭉치."

여성가족부 보좌역 박세진

여성창업! 커리어를 낳는 도전이 되다.

임하율 대표는 그의 첫 창업에서 단돈 30만 원으로 시작했지만 이미 그 내면에는 무한한 가능성의 무지개를 품고 있었습니다. 육아라는 반복되는 일상을 낯설게 보기 시작했을 때 모든 것은 사업의 아이템이 되었고, 답답하고 자신감을 잃어 가던 비슷비슷한 하루하루를 창업이라는 도전을 통해 역동적으로 만들어냈습니다. 대표님의 신제품이 하나씩 늘어나고 회사가 성장하는 모습과 함께 할 수 있어서 영광이었습니다. 이제 자신의 이야기를 글로 엮어 또 다른 커리어를 시작하려고 합니다. 창업이라는 커리어가 작가라는 커리어를 낳았습니다. 이 책에 함께 하신 6명의 대표님들 모두 눈이 부시게 아름답습니다. 경기도일자리재단은 우리 주변에는 수많은 '임하율'이 있다고 믿고 있습니다. 여러분 모두를 응원합니다.

경기도일자리재단 경영기획실장 홍춘희

고립감(孤立感)

: 남과 사귀지 않거나 남의 도움을 받지 못하여 홀로 된 느낌.

여러 경력 단절 여성을 인터뷰하면서 공통으로 느낀 부분이 바로 '고립감'이었다. 수많은 역할을 책임지고 있음에도 사회는 경력 단절 여성의 능력과 잠재력을 인정하지 않는 듯 보인다. 심지어 유일하게 소속되어 있는 가정 내에서조차 소외감을 느끼는 경우가 많다.

왜 그럴까? 이유는 단순하다. 겪어본 적이 없기 때문이다. 같은 여성들조차 경력 단절을 겪어보지 못하면 그들의 상황에 공감하기 어렵다. 심지어 '집에서 쉬니 좋겠다'던가, '나도 집에서 애나 보고 싶다'라는 말도 서슴지 않는다. 그 말이 누군가에게 폭력이 될 수 있다는 사실을 모르는 것이다.

사람은 힘든 상황이 닥쳤을 때보다 그 힘듦을 공감받지 못할 때 더 큰 좌절을 느낀다. 경력 단절 여성들과 대화하다 보면 뼛속 깊은 좌절과 함께 다시 일하고야 말겠다는 강한 의지를 느낄 수 있다.

이 책을 기획한 이유는 우리 사회의 경력 단절 여성이 처한 어려움에 주목하기 위해서다. 지금 이 순간에도 누군가는 경력 단절이라는 현실에 직면하여 자신의 가치를 의심하고, 미래에 대한 불안감에 시달리고 있을 것이다. 아무도 공감해 주지 않는 상황에 부딪혔을 때, 이 책을 통해 위로와 희망의 메시지를 전달하고 싶다.

이 책에는 다양한 배경과 경험을 가진 경력 단절 여성 여섯 명의 진솔한 이야기가 수록되어 있다. 그들이 어떠한 고통을 겪었고, 어려움 속에서도 왜 도전을 멈추지 않았는지, 결과적으로 어떤 실패와 성공 그리고 성장을 이루어 냈는지 담았다.

저자들은 대한민국의 경력 단절 여성에게 한목소리로 말한다. 다시 한번 자신의 가치를 깨닫고 미래를 향해 나아갈 용기를 가지라고. 경력 단절은 결코 끝이 아니라 새로운 시작의 발판이라고. 우리의 이야기처럼 당신의 이야기도 계속될 거라고.

이 책이 대한민국 경력 단절 여성에게 용기와 희망이 될 수 있기를 바란다.

2024년 4월

기획자 박지우

목차

●

추천의 글

프롤로그

벼랑 끝에 서게 되면
하늘을 나는 법을 배우게 된다_김선영

모두가 부러워했던 직장, 행복하지 않았던 나	012
정보통신기업 임직원에서 IT 교육 전문가로 한 단계 성장!	038
여성에게 커리어는 '만능열쇠'다	047

창업도 아이를 키운다는 마음으로 하라_임하율

타인의 시선을 뚫고: 사람들이 말하는 내 약점, 알고 보면 내 에너지의 원천!	054
실전에서 배운 창업의 힘: 경험을 모아서 생활용품 브랜드 대표로	069
여성에게 커리어는 '나만의 색을 담아둔 무지개'이다	082

통역사에서 엄마로 자라고
강사로 성장하는 나를 응원한다_김지혜

해외에서 도전으로 채운 20대, 두 아이의 엄마가 되다　　088

아이와 함께 자라는 엄마라도 우린 결국 전문가가 된다　　108

여성에게 커리어는 '보석'이다　　125

육아 슬럼프를 이겨낸 엄마,
꿈을 이룬 여성 기업가로 아이들과 마주하다_길진화

단기간 최연소 승진했던 직장인,
4년 내내 젖 물리는 엄마가 되다　　130

중국어를 전공한 영어 선생님이 되다　　147

여성에게 커리어는 '나를 믿는 사람들'이다　　163

나의 소로(小路)를 만들며,
느리더라도 한 걸음씩 나아가자!_남승화

말 잘 듣던 첫째 딸, 나만의 길을 가기로 결심하다   176

패션 비즈니스를 하는 영어 강사가 되다   194

여성에게 커리어는 '뜨개질'이다   209

맘에 들지 않는 포장지에 싸인 보석 같은 선물_황윤정

독박 육아에 지친 초보 엄마, 꿈을 찾는 여정을 시작하다   218

소통 전문가로 제2의 인생을 시작하다   232

여성에게 커리어는 '삶'이다   247

저자 김선영

부모님이 지어주신 이름 "선영"을 "선한 영향력"의 의미로 널리 알리고 싶은 현재 두 아들의 엄마. 우리 사회에 기여하고자 하며 교육과 정책 분야에서 의미 있는 일들을 하고 있다.

- 선진교육 대표
- 여성가족부 정책자문단
- G밸리 4차산업체험관 팀장
- KT, 키움센터, 캠퍼스멘토 전문강사
- 군포시 청년정책협의체 위원
- 인굿컴퍼니교육센터 자문위원
- 자기주도적여성기업가협회 정책추진이사
- 공동체 네트워크 기획단 추진위원

이메일문의 | 1004jaju@naver.com

인스타그램 | restart_for_women

하늘을 나는 법을 배우게 된다

벼랑 끝에 서게 되면

김선영

모두가 부러워했던 직장, 행복하지 않았던 나

●

나의 꿈

사회에 좋은 영향력을 주는 사람이 되는 것은 나의 오랜 꿈이다. 세상에 태어난 한 인간으로서 꿈을 가지고 그 꿈을 이루기 위해 비록 힘든 과정일지라도 슬기롭게 이뤄나가는 엄마의 모습을 아이들에게 몸소 보여주고 싶다. 비혼주의와 저출산 문제가 갈수록 심각해지고 있는 시대에, 행복한 엄마로 꾸준히 성장해 온 경험을 이 글을 통해 나누고 싶다. 우리 사회에 꼭 필요한 희망의 목소리를 내어 개인과 사회의 동반성장에 필요한 독자들의 이야기 또한 듣기 위해 이 책을 쓴다.

다양한 이유로 사회적으로 단절될 수밖에 없는 여성으로서 누군가 꼭 겪어야만 하는 시련이 있다면 기꺼이 내가 먼저 겪을 의향이 있다. 그리고 뒤이어 그 길로 오는 사람들에게 최종목적지까지의 안전하고 빠른 길을 안내할 수 있는 올바른 지도를 그려두는 사람이 되고 싶다. 대부분 나서려고 하지 않는 영역과 평균적으로 쉽게 해결되지 않는 일에 왜 내가 자꾸 앞장서려고 하는지 정확한 이유는 모르겠다. 하지만 내 마음이 시키는 일을 우선순위에 두고 몰입하는 것이 가장 행복하다는 것을 깨달았다. 내가 가야만 하는 그 길이 진흙탕이어서 나의 겉모습이 엉망진창이 되거나 그 누구도 예상치 못한 장애물에 걸려 넘어지더라도 가볍게 툭툭 털고 일어나 헤쳐 나가는 의연한 사람이 될 것이다. 꿈이 있는 사람에게 장애물은 더 이상 장애물로 느껴지지 않는다.

성취 중독자

나는 고등학생 시절 과학이 재미있어서 이과를 선택했고 대학교에 진학해서는 정보통신공학과를 전공했다. 하지만 입학 후 두꺼운 서적으로 처음 접하게 된 전공과목의 내용은 기대와는 많이 달랐기에 전혀 흥미를 느끼지 못했다. 나는 목표를 상실하여 갑자기 멈춰버린 경주마처럼 허탈함을 느끼며 배움의 동력을 잃어버렸다. 하지만 불행 중 다행으로 학업과는 거리가 먼 대외 활동에서 카타르시스와 같이 온몸의 세포가 동시에 반응하며 영혼이 정화되는 듯한 감정을 느꼈다. 내가 좋아하는 일을 통해 성공적 경험을 축적하는 기쁨은 경험해 본 사람만이 알 것이다.

학회나 학생회, 동아리 활동을 통해 성취감을 얻으며 동시에 지속적 흥미를 느낄 수 있는 일은 무엇이든 도전했다. 구성원들끼리 힘을 합쳐 의미 있는 활동을 하거나 결과물을 만들어내는 과정은 너무나도 즐거웠다. 특히 중학교 대표합창단원으로 활동하며 30여 명의 단원과 함께 아름다운 화음을 만들어내기 위해 이른 아침부터 음악실에서 연습하고, 제법 큰 규모의 합창대회출전을 준비하는 과정을 경험했다. 덕분에 순수한 마음으로 즐기고 동시에 배울 수 있는 기쁨 또한 알게 되었다. 합창 단원들과 함께 각자의 소리를 조화롭게 모아 근사한 무대를 만들었던 그 시절의 감동과 희열은 20여 년이 지난 지금에도 내 마음속 또렷한 행복의 기억으로 남아 있다.

학업보다 대외활동에 투자하는 시간과 에너지가 늘어나니 당연히 대외적 분야에서 얻어지는 성장의 기회는 월등히 많았다. 대학교 학기 중에도 타인을 도우며 나 또한 성장할 수 있는 일이라면 가리지 않고 참여했다. 교내 외국인 도우미 역할이나 한국대학사회봉사협의회에서 학교 대표로 해외에 파견되어 전국 각지에서 모인 대학생들과 봉사활동을 수행하는 것과 같이 광범위한 영역의 대외활동에 참여했다. 아무도 내게 그러라고 시키지 않았지만, 끊임없이 스스로

다시, 시작하는 여성들

배우며 다듬어나갔다. 생산적으로 시간을 보내고 유의미한 결과물을 생산해내는 것이 습관화되어 있었다. 심지어 공강 시간에 공감대가 통하는 친구들과 웃고 대화하는 시간조차 점점 소비적으로 느껴지기 시작했다. 그래서 도서관에서 부족한 공부를 하거나 휴식하는 것보다는 다양한 경험을 쌓기 위해 틈틈이 공강 시간을 활용하여 교내 카페에서 아르바이트를 했다. 이외에도 학원 조교, 치킨집 아르바이트, 바둑학원 홍보 전단지 나눠주는 아르바이트까지 가리지 않았고 향후 나에게 소중한 자양분이 되어줄 다채롭고 소중한 경험을 쌓았다. 여러 활동에서 얻은 성공적 경험은 그간 관심 없었던 전공 과목까지 잘하고 싶은 욕심 또한 갖게 해주었다. 뒤늦게라도 학점을 잘 받기 위해 몇 배로 노력했고 결국, 졸업 이전에는 장학금 대상자로 선정되는 큰 행운까지 누리며 많이 회복된 학점으로 졸업할 수 있었다. 이를 통해 무엇이라도 노력하여 성취한 성공적 경험이 있다면 그 분야는 분명 나의 다른 영역까지 영향을 줄 수 있으며 결론적으로는 좋은 성과를 거둘 수 있다는 것을 몸소 체감했다.

만약 누군가가 시켜서 했던 일이라면 그토록 즐기면서 몰입하지 못했을 것이다. 내가 노력 한 만큼의 성과를 인정받고 스스로가 만족할 만한 순간들로 내 인생의 마디 마디를 빈틈없이 채워나가는 과정이 매우 뿌듯했고 행복했다. 내가 푹 빠져있던 20대 시절의 성취감은 쉽게 빠져나올 수 없을 만큼 중독적이었다. 마치 세상이 나를 위해 기회의 문을 끊임없이 하나씩 열어주는 느낌이었다.

받아들여야 할 것들

대부분의 사람들은 사회생활을 본격적으로 시작해보기 전까지는 사회생활에 대한 환상을 가지고 있으며 주로 대기업에서의 멋진 직장인 생활을 꿈꾼다. 이러한 이상적 미래에 대한 생각은 우리 모두의 간절한 희망 사항일지도 모른다. 과거의 나 역시 크게 다르지는 않았다. 하지만 20대 시절 통신회사에 취직 이후, 직장인에 대한 환상은 순식간에 사라졌다. 시대를 역행하는 듯한 매우 보수적 분위기를 가지고 있던 회사에서의 직장생활은 매일 소화되지 않는 음식을 억지로 욱여넣는 느낌이었다.

대학생 시절, 여성공학인협회에서 인턴생으로 선발되어 연계기관에서 조직 생활을 경험해 본 이후 25살에 덜컥 입사한 통신회사는 부푼 꿈을 안고 정식으로 시작했던 첫 사회생활이었다. 속한 조직마다 다르겠지만, 평균적으로 우리나라 20대 여성은 과도한 노동을 강요받거나 자주 사회적 편견에 부딪히며 성적 대상화에도 노출되기 쉬운 존재이다.

입사 후 얼마 되지 않아 회식 자리의 얼큰하게 술에 취한 상사로부터 들은 폭력적 언행으로 큰 충격에 빠졌고 그것은 빙산의 일각에 불과했다는 것을 머지않아 알게 되었다. 폭력적 언행 그 자체로도 매우 충격적이었지만, 비상식적 상황에서도 회사에서는 무조건 참고 버티는 것이 과연 사회생활을 잘하는 것으로 평가될 수 있는 것인지 헷갈렸다. 나에게 폭언을 했던 상사는 술만 마시면 무섭게 돌변하는 성향이었으며 다른 회식 자리에서 남자 직원들을 상대로 심한 폭행까지도 하는 구제불능의 사람이었다.

좋지 않은 징조

"김선영 씨, 깊은 물에 남편이랑 시어머니가 같이 빠져있으면 누구부터 구할거예요? 딱 한 명만 구할 수 있어요. 대답해 보세요."

두 아이의 엄마가 되고 다양한 인생 풍파 또한 견뎌온 현재의 나에게 누군가가 위와 같은 내용으로 질문한다면 "스스로의 목숨 정도는 구할 수 있는 수영 능력을 갖춘 남자와 가능하면 결혼하여 남편에 대한 걱정은 최대한 덜고, 연로하신 시어머니부터 구해드려 뉴스 헤드라인을 장식할 만한 멋진 며느리가 되겠습니다."라고 대답할 것이다.

앞서 말했던 "물에 빠진 남편과 시어머니에 대한 질문"은 놀랍게도 내가 미혼이던 시절, 회사 최종면접에서 임원으로부터 받은 질문 중에 하나였다. 1차 면접을 통과한 후에 이뤄지는 2차 최종면접(임원면접)이라 당연히 업무 관련 심층 질문에 대한 답변만 잔뜩 준비해 갔었다. 임원 2명과 면접자 2명, 총 4명이 흰색 직사각형 테이블에 각각 마주 보고 앉아서 누가 누가 더 잘났는지 얘기하는 자리였다. 당시 나는 미혼이었으니 결혼이라는 것이 나와는 관련 없는 분야라고 생각했다. 그토록 원하던 회사에 면접보러 와서까지 이런 질문에 대답하게 될 거라고는 전혀 생각지 못했다. 아직까지도 정답이 궁금한 그 질문을 받은 후 나는 면접자 몫의 생수 페트병을 잘못 건드려 물을 왕창 쏟아버렸을 만큼 굉장히 당황했다. 마침 면접 테이블에는 조화가 꽂혀 있는 화분이 있었는데 물도 필요치 않은 조화에 잔뜩 물을 줘버린 우스꽝스러운 상황이 되었다. 나와 함께 면접을 봤던 동료에게서 나중에 듣게 된 이야기는 가뜩이나 긴장한 상황에서 내가 테이블에 온통 물을 쏟아버리는 실수를 하는 바람에 같이 불합격일 줄 알았다며, 머릿속으로 '이거 완전 X됐다.'라고 생각했다고 했다. 동료의 예상과는 다르게 다행히도 면접 결과는 둘 다 최종 합격이었고 덕분에 면접장에서의 실수도 재미있는 에피소드로 기억하며 유쾌하게 웃어넘길 수 있었다. 그러나 합격의 기쁨은 그리 오래가지 않았다. 그 회사에 최종 합격한 것은 축하와 동시에 위로받을 일이기도 했다. 맛있어 보이지만 먹으면 탈이 나는 상한 미끼를 내가 덥썩 물어버렸던 것과 마찬가지였다. 그 시절엔 몰랐다.

밀폐된 면접 장소에서 역량에 대한 평가와는 무관하게 압박 면접 분위기를 조성하고 나에게 당황스러운 질문을 던졌던 임원은 평소 본인 기분에 따라 조직원들을 괴롭히는 것을 즐기는 사람이었다. 소소하게는 표정이나 옷차림으로 꼬투리를 잡거나 업무적으로는 난해한 질문으로 찌르듯 심적으로 압박하며 본인의 지위를 남용했다. 정해진 출근 시간 이전 1시간이나 일찍 회의실에 모두 모이게 하여 본인이 관심 있는 분야와 방식으로 신입사원들에게는 프레젠테이션을 강제로 시켰다. 나를 포함한 지목당한 동료 몇 명이 꼭두각시처럼 그 상황을 반복했어야 했던 것이 무척 피곤했던 기억이 난다. 조직이 개편되면서 그 임원은 하루아침에 흔적도 없이 사라졌다. 덕분에 회사는 한결 평화로워졌고 소비적인 뒤치다꺼리를 할 필요가 없어져 다들 자연스레 업무능률도 올라갔다며 전에 없던 웃음소리도 곳곳에서 들렸다. 크고 작은 일들이 많았던 조직에서 20대를 보낸 것은 내게 큰 행운이었다고 생각한다. 5년 동안의 재직 생활을 통해 나는 정말 많이 성장했고 폭넓게 배울 수 있었다.

조직과 가치관

하나의 결과가 만들어지기까지는 이미 그 이전에 수많은 징조와 더불어 그보다 더 작은 일 들이 일어난다고 한다. 내가 속한 조직이 나와 어울리는지, 내가 과연 잘 적응할 수 있는 곳인지 제대로 판단 하려면 소위 말하는 "윗물"의 가치관이 과연 나의 가치관과 비슷한 지, 객관적으로도 올바른 방향인지 신중하게 살펴보아야 한다. 윗사 람의 어떤 요인이 아랫사람에게 좋은 영향을 혹은 악영향을 주는지 잘 관찰하면 자신은 미래에 어떠한 사람이 되어야 할지 자연히 알게 된다. 말로 길게 늘어놓지 않아도 신선한 과일은 한눈에 알아볼 수 있는 것처럼 사람도 마찬가지이다. 선한 사람들은 눈빛이 맑다. 좋 은 문화를 가진 조직은 짧은 시간 내에도 저절로 느껴진다.

세상을 바라보는 나만의 맑은 창문 만들기

아름답게만 생각했던 세상은 직접 겪어보니 생각만큼 아름답지는 않았다. 하지만 내가 살고 있는 이 세상을 최대한 맑고 밝게 볼 수 있도록 내 시야에 깨끗한 창문을 만들어두는 것만으로도 아주 멋진 과정이며 의미 있는 일이다.

재직 기간 동안 맡았던 업무 중 가장 기억에 남는 것은 조직 내에 서 미뤄왔던 현행화 업무였다. 사내에서 필요한 내역을 알아보기 쉽게 정리해두는 것이었다. 몇 주에 걸쳐 베일에 싸이고 싸였던 리스트를 모두 조사했다. 겨우 파악한 정보들을 모아 현행화를 마치고 완성본 문서의 결재를 올리면 끝인 줄 알았지만, 그것은 나만의 엄청난 착각이었다. 공들여 작성을 끝낸 대부분의 최종 문서는 애초에 방향성으로 잘못 지시가 되었던 것으로 의미 있게 활용되기보다는 해당 내역이 긴급하게 필요하던 타 팀이나 유관기관에게조차 공유할 수 없는 무용지물이 되는 일이 반복되었다.

팀장은 평소에 빨간색 펜으로 팀원이 작성한 문서의 초안을 업무 시간 내내 반복 수정한다고 하여 별명이 '빨간펜 선생님'이라고 불릴 만큼 유별난 직책자였다. 빨간색 펜으로 팀장이 수정을 반복하다 보면 흰색이었던 A4종이는 눈이 시릴 정도로 온통 빨간색으로 가득 찼다. 방향성 없는 지시를 내려 하루 종일 문서를 고치는 과정을 10차례도 넘게 진행하고 나면 결국 황당하게도 다시 초안과 비슷해졌다. 문서 작성 이외에도 작성하는 PPT 도안에서의 점의 위치나 직선의 길이, 글자의 크기 등 본질과는 무관한 사소한 것에 더욱 신경을 쓰는 팀장의 업무 방식에 하루 종일 시달리다 보면 진이 다 빠져버렸다. 사소한 것이 중요하지 않다는 것은 아니지만 업무를 효율적으로 처리하기 위해서는 어느 정도의 균형감각은 필수적이다. 무언가에 최선을 다하기 전에 더욱 우선시 되어야 할 것은 그 일을 해결하기 위한 방향을 정확히 파악하고 목표의 효율적 달성을 위해 과연 도움이 되는 과정인지 확인하는 것이다. 방향이 잘못되면 속도는 아무 의미가 없다. 팀장이 지시하는 일은 순서도 체계도 없었지만 나는 덕분에 완벽에 가까운 문서 작성능력과 도안을 작성할 줄 아는 능력 그리고 전에 없던 인내심까지 어느새 모두 갖춘 사람이 되어있었다. 호랑이 굴에 들어가도 정신만 차리면 살 수 있고 그 과정에서도 배울 점은 분명 있다. 당장엔 해결이 어렵고 극한 상황일지라도 평정심을 잃지 않고 나만의 중심을 잘 유지한다면 오늘보다 훨씬 더 나은 내일은 분명히 나를 찾아온다.

목숨과 바꿀뻔한 하프마라톤 도전

"김선영 씨, 김선영 씨 맞으세요? 주민번호 말해보세요."

눈을 게슴츠레 뜨고 주민번호를 천천히 말했다. 처음 보는 천장에 싸늘한 공기, 의료진들이 분주하게 움직이는 병원 응급실에 내가 누워 있었다. 내 인생 처음이자 마지막일 하프마라톤 대회에 출전하여 무리해서 달리다가 결국 열사병으로 기절했던 날의 기억이다.

하프마라톤 출전 이전에 10km 코스는 주말 회사 행사에 억지로 참여하게 되어 어쩌다 완주해 본 경험이 있었지만, 하프마라톤 21.0975km 출전은 난생처음이었다. 그렇기에 기필코 완주하겠다는 욕심이 과했다. 하필이면 타고난 "체육 천재"라는 별명으로 친구들 사이에서 불리며 나보다 신체 능력이 월등히 뛰어난 단짝 친구에게 함께 출전하자고 제안했고 함께 연습하는 날마다 몸 상태를 비롯하여 날씨마저 매번 좋았기에 당연히 큰 어려움 없이 완주할 수 있으리라 믿었다. 마라톤 대회 날은 비가 오기 바로 직전 날이었다. 그래서 5월의 날씨치고는 매우 후텁지근했고 마라톤 경기를 시작하고 머지않아 기온은 급격히 상승했다. 당연히 초보 마라토너였던 나는 온 신경을 완주에만 집중하고 있었기에 내 몸 상태를 전혀 돌보지 못한 채 무식하게 달리고 또 달렸다.

달리면서 15km 코스를 지났다는 푯말을 내 두 눈으로 본 것은 분명 또렷하게 기억이 나는데 그 이후부터는 전원이 꺼져버린 캄캄한 TV화면처럼 전혀 기억이 나지 않는다. 깨어나기 직전에는 꿈꾸는 것처럼 몽롱한 장면과 알아들을 수 없는 소리가 뒤죽박죽 지속되다가 다행히 의식이 돌아왔다. 눈을 완전히 떴을 때는 나의 온몸에는 아이스팩이 붙여져 있었고 위아래 앞니끼리 딱딱 부딪힐 만큼 너무나도 추웠다. 현재 나의 상황을 스스로가 납득하지 못했으므로 그 상황이 굉장히 무섭게 느껴졌다. 내가 쓰러질 당시와 그 이후 과정에 대한 기억이 전혀 없었다. 그쯤 보았던 범죄 스릴러 장르 영화 탓이었을까, 누워서 온몸이 바들바들 떨리던 그 잠깐 동안에 '혹시 내가 지금 누군가로부터 마취 약물 등을 통해 갑자기 기절한 후 납치 당해서 장기 밀매조직에 넘겨지는 상황인 것은 아닐까?'하며 말도 안 되는 상상의 나래를 펼치기도 했다.

　얼마 지나지 않아, 다행히 친절한 의료진이 바쁜 와중에도 '여기는 서울아산병원 응급실이고, 내가 마라톤 도중에 열사병으로 기절하여 응급차로 오전 10시 48분에 이송되었다'며 상세하게 상황을 설명해 주었다. 응급실에는 나와 같은 처지로 보이는(기절 후 구급차에 실려 온 열사병 동료) 대여섯 명이 커튼 너머의 옆 침대에 나란히 누워 있었다. 아직도 보관하고 있는 그 날의 생생한 기록이 담긴 응급환자 진료의뢰서 의사 소견란에는 이렇게 쓰여 있었다.

　"하프마라톤 참가하여 결승지점에 거의 다다랐을 때 환자 쓰러져 본원으로 이송. 체온 38.4도 확인."

마라톤 완주 실패 덕분에 얻은 교훈

　내가 왜 완주에 실패할 수밖에 없었는지 현재의 나는 실패 요인을 잘 알고 있다.

　나와 같은 초보 마라토너는 출발 전과 경주 도중 적당한 수분 섭취를 통해 탈수를 방지해야 한다. 하지만 나는 황당하게도 숙련된 마라톤 선수들이 기록을 단축하기 위해 사용한다는 방법을 따라했다. 음식물 섭취를 하지 않으면 나의 기록 단축에 조금이나마 도움을 줄 거라 생각했던 것이다. 마라톤 경기 중 챙겨 먹으라고 테이블에 놓아둔 에너지 보충용 초코바 또는 바나나도 일절 섭취하지 않은 채 완주만을 목표로 했었다. 그렇게 15km를 달리는 내내 물 한 모금조차 마시지 않았고 초보 마라토너 주제에 물도 입안에서 헹궈서 뱉으며 수분 섭취도 전혀 하지 않았다. 마라톤 완주 실패 요인은 여러 가지이지만 가장 큰 실패 요인은 내가 나의 능력을 과대평가했고 누가 뭐래도 꾸준하게 정해진 경로로만 달리면 시간이 지난 후에는 누구나 결승점까지 갈 수 있을 것이라 착각했던 것이다. 또한, 나는 기본 중에서도 가장 기본인 마라토너였던 나의 몸 상태를 전혀 돌보지 않았다.

적절히 페이스를 조절하며 나의 한계를 넘어서는 일은 과감하게 포기하는 것도 즐겁고 건강한 인생을 위한 필수적 능력이다.

정지가 아닌 "일시 정지" 버튼을 누르다

인생을 살다 보면 반드시 멈춰야 하는 경우도 있다. 위험해서 혹은 다른 어떠한 이유로든 멈춰 서야만 하는 상황에서는 마음속에 나만의 일시 정지 버튼을 만들어두고 적기에 활성화시키는 연습이 필요하다. 연습이 반복되어 특정 행위가 수월해진다면 그것은 곧 능력이 된다. 정지 버튼과 일시 정지 버튼을 구별해서 잘 활용할 줄 아는 것은 요즘처럼 피로한 현대사회에서 필수적 능력이다. 인생이라는 긴 여정 중에 셀 수도 없이 많은 도전을 하고 예상치 못했던 일들도 겪게 될 텐데 잠깐 쉬어가는 것은 장기적 관점에서 전혀 문제가 되지 않는다. 용기와 현명함을 발휘하여 나만의 일시 정지 버튼을 적기에 활성화하자. 삶의 여백은 나중에라도 반드시 기대 이상의 가치를 발휘한다.

우리나라 여성의 경력 단절 현실과 구조적 한계, 이렇게 버티는 게 과연 최선일까?

통계청에 따르면 2023년 경력 단절 여성의 수는 135만 명에 육박한다. 그중 65퍼센트가량이 출산과 육아가 원인인 것으로 나타났다. 경력과 능력이 충분했던 선배들도 아이들의 양육문제로 고민하다 결국 퇴사를 결정하는 경우를 많이 보았다. 이것이 대한민국에서 일하는 여성의 현주소이다.

직장을 그만두었던 가장 큰 이유는 시간이 지나도 더 나아질 것 같지 않은 조직의 구조 때문이었는데 내가 할 수 있는 조직의 변화와 성장에는 한계가 있음을 완전히 깨달았기 때문이다. 팀 곳곳에 낙하

산 인사들과 승진을 가로막는 유리천장이 분명하게 있었다. 그 이외에 부수적 이유로는 우리나라 여성으로서 언젠가 해내야 하는 과제처럼 느껴지기도 하는 임신, 출산, 육아는 내가 일을 그만두지 않으면 절대 해내지 못할 것 같았다. 결혼 후 맞벌이를 한다고 해도 집안일은 당연히 여자의 몫이라고 생각하는 사회와 가정의 분위기는 능력이 출중한 많은 여성을 경력 단절시키고야 만다.

경단녀가 되는 과정

질긴 수명의 건전지가 완전히 닳아버리기 전까지는 하염없이 째깍거릴 수밖에 없는 오래된 시계의 운명과도 같이, 나는 회사에서 점점 무색무취, 수동적인 사람으로 변해갔다. 회사와 후배들의 미래를 위해 진짜 필요한 일보다는 선배들의 성과를 위한 비효율적 업무를 우선순위로 처리하면서도 고개를 갸우뚱거리게 되는 나 자신이 부끄러웠고 한편으로는 애처롭게 느껴지기도 했다. 자정작용이 거의 없기에 성장하는 방법을 잃어버린 듯한 조직 문화 또한 너무나도 안타까웠다.

언제나 나의 마음속 깊은 곳에 '성장'을 갈망하는 꺼지지 않는 빛이 있었고, 더 '행복'한 내가 되고 싶다는 열망 또한 가득했다. 이에 대한 해결책을 고민하는 하루하루를 보냈다. 직장에서 꾸역꾸역 버티턴 중 지속적 호르몬 장애, 역류성 식도염을 겪었다. 아무리 병원에 다니고 약을 먹어도 나을 기미조차 보이지 않던 기침과 구역질을 달고 살았다. 멍게처럼 변해버린 얼굴의 피부 등 스트레스로 인한 신호가 몸에 나타나기 시작했다. 비정상적으로 가슴이 뛰는 공황장애 초기증상, 불면증을 겪기도 했다. 결국, 나는 5년간의 재직 생활 끝에 윤리팀에 내가 재직 중에 느꼈던 몇 가지 궁금한 내용을 정리한 서류를 내고 인사팀에 사직서를 제출했다. 나는 어릴 적부터 부당하다고 생각한 일에 대해서는 그 해결 과정에 필요한 말이든 행동이든 참지 않는다.

다시, 시작하는 여성들

누군가는 나를 '조직에서 버티지 못하고 결국 퇴사하는 참을성 없는 사람'이라고 생각할 수도 있다. 하지만 나는 스스로를 '늦기 전에 빠르게 판단하여 인생을 해결해 나가는 방향으로 이끌어나가는 유능한 사람'이라고 생각했고 실제로 그런 가치 있는 사람이 되었다.

코로나19 활용법

나의 2018년 3월에는 결혼식과 퇴사라는 두 가지 이벤트가 있었다. 3월을 준비하는 기간에는 참 오묘한 감정이 들었다. 끝과 시작을 동시에 준비하는 과정은 몇 배로 두렵기도 하고 설레기도 했다. 퇴사 후 한동안은 평일 낮 시간의 여유로움과 거리의 풍경마저 신기하게 느껴졌다. 미뤄만 오던 취미 생활도 다양하게 해보았는데 나는 직접 손으로 무언가를 만들어내는 행위를 통해 심신을 치유하는 비중이 매우 큰 사람임을 알게 되었다. 캘리그라피, 그림 그리기, 가방 만들기 등 흥미 있는 원데이 클래스에 모두 참여했고 내 몸이 물속에 들어가 있을 때의 자유롭고 편안한 느낌이 그리워 접영까지 배우다 말았던 수영도 다시 등록하여 열심히 배웠다. 그렇게 무너졌던 몸과 마음을 차분하게 일으켜 세웠다.

퇴사한 지 3개월 후 첫째 아이를 임신했고 그 이후 5년 동안 또 한 번의 임신과 출산, 코로나19 팬데믹을 경험했다. 첫째 아이가 태어난 지 6개월 만에 갑자기 찾아왔던 코로나19는 3년 넘게 지속되었다. 코로나19 초반부엔 생명의 위협을 느낄 만큼 모두가 두려워했고 여기저기서 활개 치는 허위 정보에 너무나도 혼란스러웠다. 첫째 아이의 육아를 도맡았던 나는 그 작고 어린아이를 코로나19 바이러스로부터 보호하기 위해 더욱 움츠러들어 있을 수밖에 없었다. 통제되고 불안에 떨며 모두가 날이 서 있는 채로 하루하루 지내던 나날들이었다. 얼굴 표정만 보아도 서로를 이해하고 처지를 공감하며 함께 성장해 나갈 수 있는 사람이 그리웠다. 내가 어떻게 해서든 경력을 유지하고 있는 상태였다면 조금은 나았을까. 사람을 만날 수 없는 환경이 되자 더욱 사람이 그리웠고 소통에 목말랐다. 세상 및 사람과의 단절은 사람을 통해 가장 많이 배우고 성장하는 나의 성향에 대해 잘 알 수 있는 계기가 되었다. 또한, 내가 앞으로 인생을 살아나가면서 사회에서 내가 할 수 있는 역할과 영역에 대해 충분히 스스로 질문하며 고민해 볼 수 있었던 의미 있는 시간이었다. 경력단절녀이자 새내기 엄마 시절 여러모로 나에게 빛이 되어줬던 동네 언니들은 아직도 나의 소중한 버팀목이다.

전 세계가 처음 겪는 바이러스에 속수무책으로 모든 대면 교육은 중단되었다. 하지만 고맙게도 ZOOM이라는 화상회의 플랫폼이 이전과는 새로운 방식으로 사람과 사람을 연결해주었다. 어디에서든

다시, 시작하는 여성들

무엇이든 배울 수 있었다. 나는 아동심리상담사, 진로코칭 지도사, 그림책 지도사 등 평소 관심 두고 있던 분야의 자격증들을 틈나는 대로 취득하며 나의 육아경력과 융합하여 시너지를 발휘할 수 있는 분야를 찾았고 나의 일상에 적용해서 도움도 받아 가며 효과적으로 학습했다. 나만의 방향성을 찾으려 고군분투했다. 용기 있게 새로운 길을 개척해 나가는 것은 역시 내 전문이었다. 나에게만 매달리는 첫째 아이를 품에 안고 노트북 화면으로 진행되는 수업을 듣기도 하고, 온라인 시험을 보기도 했다. 이러한 나의 발자취는 사회적으로 단절되어 있던 상황의 내가 "나 김선영, 아직 죽지 않고 여기에 생존해있다, 나중에라도 꼭 알아달라!"라고 세상에 외치는 비상 신호와도 같았다. 최대한 알차게 하루하루 보내고 싶은 간절한 마음이었다. 그렇게 나는 출산과 육아로 뒤처진 듯한 나를 세상의 속도에 맞추기 위해 발버둥 쳤다.

창살 없는 감옥에 갇혀버린, 전업주부 김선영

처음 겪는 출산과 육아는 생각보다 힘들었다. 앞으로 펼쳐질 출산과 육아의 과정에 대해 상세하게 알고 있었다면 과연 내가 도전할 수 있었을까? 나는 신혼생활 3개월 후 비교적 빠르게 임신하였기에 비교적 젊은 나이에 마냥 용기 있게 긍정적 생각만을 가지고 엄마의 길로 입성할 수 있었다는 생각도 든다.

육아는 오늘의 몸과 마음이 회복되지 않은 상태에서 별반 다르지 않은 내일을 기대 없이 시작하고 허무하게 끝내는 일의 반복이었다. 회사원이 아닌 전업주부로서 받아들여야 할 변화들은 무궁무진했고 정신없이 지내다가 어느 순간 나의 삶 전체가 바뀌어 있는 것을 경험했다. 사회생활 할 때와 다르게 전업주부의 역할을 열심히 해내다 보니 만나고 연락하는 사람, 관심사, 추구하는 가치가 모두 달라져 있었다. 지쳐버린 전업주부에게 가정이란 24시간 쉬지 않고 일해야 하는 섬과 같다. 아이러니하게도 소중한 가족을 통해 안정과 정서적 고립을 동시에 경험한다. 정서적 고립의 정도는 전업주부로서 가족의 성공이나 발전을 통해 나의 정체성을 찾아야만 하는 사회적 억압으로 인해 심해지기도 한다.

예전에는 더 심했었겠지만 아직까지도 흔하게 전업주부들은 하는 일 없이 집에서 노는 사람이라 여겨지며 사회생활하는 가족 구성원들이 귀찮아하는 일들을 자연스레 떠맡게 된다. 여기까지는 뭐 그렇다 쳐도 그런 일들에 솔선수범한다고 해서 고마워하는 게 아니라 결국 집에서 노는 네가 당연히 할 일을 하는 상황으로 인식된다. 주부의 영역을 인정하지 않고 무시하는 순간부터 집안의 일들은 체감 난이도가 더욱 상승한다. 이전에는 비교적 쉽게 처리할 수 있었던 과정도 불편한 심리와 압박의 영향으로 더욱 복잡하게 꼬여버릴 가능

다시, 시작하는 여성들

성이 높다. 전업주부들은 몸이 아프거나 말거나 혹은 기분이 바닥까지 끝까지 내려가 도저히 나아지지 않는 날에도 "오늘 아이 밥은 많이 먹였어?" 혹은 "도대체 아이가 왜 자꾸 아픈 거야?"와 같은 질문을 받을 수도 있으며 단지 전업주부라는 이유로 여러 가지 문제의 원인과 책임의 대상으로 간주되고 자주 추궁당한다. 하루 종일 가사와 육아로 방전이 되어 도저히 힘이 나지 않을 때도 "오늘은 뭐 먹어? 맛있는 것 있어?"라던가 "집이 왜 이렇게 더러워?"라는 말은 누구라도 자주 듣고 싶지 않은 질문일 테지만, 전업주부라면 흔히 들어보았을 법한 질문들이다.

출산과 육아의 시작: 희망과 현실의 대충돌

삼 남매로 화목하게 자라온 가정환경 덕분인지 어릴 적부터 내가 결혼을 하고 아이를 낳게 된다면 '당연히 둘은 낳아야지.'라는 욕심을 가지고 살아왔다. 출산 이후 쉬지 않고 이어진 가사노동과 초보 엄마로서 열정 가득하던 육아로 인해 골반은 비대칭으로 틀어졌고 양 손목에는 터널증후군으로 뼈가 볼록 튀어나올 정도였다. 나는 결코 괜찮지 않았다. 그대로라면 괜찮아질 가능성도 없었다. 하지만 나의 망가진 심신 상태는 고려하지 않은 채, 2년 터울로 둘째 아이를 임신했다. 그 당시 평범하게 살아가는 대한민국 보통 여성의 결정이자 내가 할 수 있는 최고의 선택이었다.

그렇게 아이 둘을 낳고 육아하는 시간은 한없이 감사하고 꿈처럼 행복하다가도 엄마인 나도 사람이기에 지치는 날도 있었다. 어느 날에는 예고도 없이 몸과 마음 동시에 한계가 왔다. 앞으로 상황은 더 이상 나빠질 것조차 없으니 당연히 내 몸과 마음의 상황은 '점점 나아지겠지'라는 어찌 보면 바보 같은, 여기서 희망을 잃어버린다면 정말 아무것도 남지 않을 것임을 알기에 그런 순수한 마음으로 매 순간을 살아냈다.

출산과 육아의 대가: 커리어와의 이별

5년이라는 생각보다 긴 기간 동안 경단녀로 살게 될 줄은 전혀 예상하지 못했다. 당연히 평생 일을 하지 않을 생각은 해 본 적도 없을 뿐더러 시간이 조금만 지나면 다시 어떠한 방향으로든 사회생활을 하리라 결심하고 이전 회사를 퇴사했었다. 때가 되면 어렵지 않게 잘 해낼 수 있을 거라 믿었다. 하지만 경력 단절로 인한 공백 기간은 자의 반 타의 반으로 무려 5년이나 이어졌고 내 인생은 상상해 본 적도 없는 전혀 다른 방향으로 흘러가고 있었다.

아이라는 존재는 나의 커리어와도 맞바꿀 수 있을 만큼 소중했지만 나는 좁디좁은 새장에 갇힌 새의 처지와 같은 답답함을 느꼈다. 소중한 날개를 쓰지 않아서 퇴화해 버린 것처럼 서서히 사회적 기능을 잊어버린 존재로 굳어져 갔다. 뭐든 사용하지 않으면 퇴화한다. 그것이 아주 가치 있고 소중한 능력일지라도 마찬가지이다.

두 아이의 엄마가 된 후, 5년 만의 면접

이전부터 관심 있게 지켜보던 협회의 채용공고를 보고 간절한 마음으로 지원했던 서류전형에서 놀랍게도 단번에 합격했다. 경력 단절 5년 만의 면접에 힘차게 알을 깨고 나온 병아리 마냥 뽀송뽀송한 마음으로 참석했다. 협회의 향후 사업 분야와 지원 업무에 대한 심층적 질문이 있을 것이라 예상하고 관련 답변 리스트를 꼼꼼하게 준비해갔다. 총 5명의 면접관 중 나에게 특히 많은 질문을 하시던 분이 비중 있게 듣고 싶어 하던 답변은 왜 5년 동안이나 관련 업계에서 일을 쉬었는지에 대한 납득할 수 있을 만한 설명이었다. 경력 단절 여성으로서 다시 사회에 복귀하는 과정이 결코 쉽지는 않았다. 온 마음을 다했던 면접이 끝난 후 느꼈던 허무한 감정이 아직까지도 생생하게 기억난다. 한없이 가라앉아버린 내 마음을 위로하듯 하늘에서도 비가 많이 내리던 날이었다. 현재 내 영역에 제대로 뿌리 내려있지 않고 공백기에 대한 합당한 설명이 되지 않는다면 언제 어디에서든 이전의 경력을 무시당할 수도 있다는 교훈을 얻었다.

친구야, 너무 아깝다

"선영아, 너 이대로 경력 단절 되기엔 너무 아깝다."

잠깐의 대화 중에 듣게 된, 길게 여운을 남기던 친구의 말은 아직까지도 내가 힘을 내어야 하는 순간마다 마법의 주문처럼 머릿속에 떠오른다. 그 어떤 것에도 파동 없던 나의 마음에 그 한마디는 진한 울림을 주었다. 내가 여태까지의 경력을 쌓으려고 얼마나 어릴 적부터 애써왔는지 까맣게 잊고 살고 있었다. 이대로 내가 사회적 역할을 포기하기엔 소중한 인적자원의 낭비라는 생각도 들었다.

때로는 나도 잘 모르던 나의 진가를 친구가 찾아주기도 한다. 오랜 기간 옆에서 나를 관찰하여 어울리는 길을 알려주는 사람이 있다는 것은 정말 큰 행운이다. 친구의 한마디 말은 나의 몸과 마음을 올바른 방향으로 움직이게 했다. 나는 고민 많던 시기에 더욱 용기를 끌어모아 드디어 사회에 발을 내디뎌보는 시도를 할 수 있었다. 그 이후, 나는 내 인생의 전환점이 된 240시간의 국비 지원 코딩지도사 과정을 무사히 수료했고 덕분에 사회에 비교적 완성된 모습으로 복귀할 수 있었다.

5년 만에 사회에 복귀한 사람에게 성취감보다 그 이상의 짜릿한 감정이 있을까. 이전과는 비교할 수 없을 만큼 다양한 것들이 보이

다시, 시작하는 여성들

고 나에게로 모이기 시작했다. 매일이 나만의 기적이었다. 회의나 수업을 통해 타인에게 필요한 정보를 전달하고 내가 속한 곳에서 최선을 다해 역할을 해내며 하루하루를 채워나가는 것만으로도 전에 없던 활력이 생겨났다. 좋아하는 일을 하면 스스로가 만족스럽고, 감사함 또한 느낄 수 있다. 나는 내 이름을 걸고 하는 일들이 우리 사회에 유의미하며 무한하게 확장할 수 있다는 점이 무엇보다도 좋은 점이라고 생각한다.

정보통신기업 임직원에서
IT 교육 전문가로 한 단계 성장!

일을 통해 인생의 전성기를 맞이하다

전공을 기반으로한 IT분야의 수업경력을 어느 정도 쌓은 후에는 교육청에서 진행하는 디지털 윤리 수업과 복지관에서 시니어 수업까지 시작하여 사회에 멋지게 복귀했다. 이외에도 중·고등학생 대상 진로수업을 맡아 나의 영역을 더욱 넓힐 수 있었다. 우리나라 교육 현장의 분위기와 수업 대상의 수요를 상세하게 파악할 수 있었다.

특히 전국의 초, 중, 고등학교를 누비며 아이들의 초롱초롱한 눈빛에 매료되었는데 진짜 사랑의 형태는 이런 것일지도 모른다는 생각

다시, 시작하는 여성들

을 했다. 그간 진행해왔던 업무와 나와의 관계는 일방적이었다. 그래서 짝사랑만 해왔다고 표현할 수 있는 나에게 드디어 진짜 사랑이 찾아온 것이다.

수업에 몰입할 때마다 그간 멈춰있었던 것 같은 나의 심장은 온전하게 두근거리는 느낌이었고 온몸에 전율이 느껴질 만큼 행복했다. 진정 앞으로도 내가 해야 할 일, 가야 할 길이라는 생각이 강력하게 들었다. 어떤 날은 감사하게도 진로교육기관과 유관 업체에서 동시에 수업 요청 연락을 받았다. 주말이 지나고 나서 메일함에 쌓여있는 업무 메일들은 오랜만에 만난 친구들처럼 마냥 반가웠다. 인생의 전성기가 찾아온 듯 느껴졌다. 남다른 성취욕과 넘치는 열정을 지닌 나에게 꿈을 잃지 않게 하는 교육과 청소년 정책 자문 분야의 업무는 그동안의 갈증을 해소하기에 충분했다.

고갈되지 않는 보물찾기의 과정

만족스럽게 수업을 끝낸 후 학생으로부터 "선생님, 학교에서 이렇게 재밌는 수업은 처음이에요. 학교에서 이렇게 재밌는 수업을 들을 수 있다는 거 오늘 알았어요!"라는 말을 들었을 때 그리고 기관에서 "역시 항상 최고의 강의!!"라는 찬사를 보내 주셨을 때 비로소 나의 일을 통해 진정으로 살아있음을 느꼈다. 사소한 하나하나가 축적되어 나를 크게 성장시켰다. 경력 단절로 인해 잃어버렸던 나를 5년 만에 되찾은 후 나는 인생 곳곳에 숨겨져 있는 보물찾기를 하는 느낌이다. 시간과 체력은 쓸수록 고갈되지만 꾸준함과 성실함은 사용할수록 축적된다.

경력 단절 후 용기 있게 다시 사회에 복귀하여 눈에 띄게 성장하고 있는 것은 내 인생 통틀어 가장 긍정적인 경험이다. 이 과정을 통해 나는 믿을 수 없을 만큼 단기간에 성장했고 나 자신을 훨씬 더 믿게 되었다. 또한, 나 스스로 혹은 타인이나 사회가 정해둔 한계를 극복했으며 그와 동시에 배움 자체를 즐기는 법을 자연스레 터득할 수 있었다. 우리가 살아갈 더 나은 세상을 만들기 위해 한몫해 내고 있으며, 앞으로도 꾸준히 나의 사회적 역할이 있다는 것 자체가 내가 일에 진심으로 몰입할 수 있는 가장 큰 원동력이다.

내가 몰입할수록 넓고 깊어질 수 있는 일

청소년 교육을 진행하며 자연스럽게 청소년 정책에 관심을 가지게 되었으며, 현재 나는 여성가족부의 정책자문단 청소년분과장, 지역 내 청년정책협의체위원 및 소통기획단으로도 활동하고 있다. 일을 통해 몰입의 즐거움과 나아가 진정한 행복을 알게 되었다. 욕심부리지 않고 내가 할 수 있는 만큼 몰입하여 일하고 얻게 된 값진 보상은 종류에 상관없이 나를 다시 빛나는 사람으로 만들어 주었다. 몰입할 수 있는 일을 해야만 나는 만족하며, 그 만족을 통해 행복을 느낄 수 있는 사람임을 깨달았다. 예를 들면 청소년 유관기관의 요청을 받아 청소년 수업내용에 대한 감수를 진행하거나 학교로부터 요청받은 강의 교안을 작성할 때면 온몸에 엔돌핀이 폭발하는 느낌이다. 그 순간만큼은 시공간이 나만의 것인 것처럼 느껴져 온몸의 세포들이 모두 내가 하는 생각과 일에 온전히 집중하는 듯하다. 당연히 결과물도 만족스럽고 그 시간이 예상보다 많이 흘렀더라도 전혀 시간이 아깝지 않다. 내가 하는 일이 '우리 사회에서 쓸모 있는 일'이기에 더욱 행복하다. 이 세상의 누군가를 행복하게 만들어주는 일을 반복적으로 한다면 나의 삶은 그 자체만으로도 가치 있다. 내가 교육과 정책 관련 업무를 지속적으로 하고 있는 이유이기도 하다.

준비된 사람만 누릴 수 있는 올바른 성장의 기쁨

우여곡절 많았던 조직 생활은 결과적으로 나에게 큰 도움이 되었다. 마음으로는 이전의 힘들었던 조직 생활을 잊었을지 몰라도 내 몸은 그 모든 순간을 기억하고 있었으며, 사회에 복귀했을 때에는 몸속 세포가 살아나는 듯 자연스레 반응하며 잠들어있던 역량이 서서히 깨어나는 듯했다. 그간 배움을 게을리하지 않았던 덕분에 사회 생활을 본격적으로 시작하기도 전에 이미 기관이나 학교에서 원하는 자격 사항을 갖추고 있었고 빠르게 현업에 투입될 수 있었다. 이전에는 어려운 일이라고 생각했던 일들을 이제는 쉽게 해낼 수 있었다. 두 아이의 엄마가 되어 다시 사회에 복귀한 나의 몰입도와 역량은 놀라울 만큼 성장해있었다. 어느덧 정제된 모습으로 업무를 해낼 수 있는 우아한 사회인이 되어있었다. 물론 내가 해내는 업무와 분위기는 회사원의 생활과는 많이 달랐고 효율적으로 성과를 이룰 수 있는 프리랜서로서의 완벽한 여건을 갖춘 덕분이기도 했다. "이제야 기억난다. 내가 이만큼까지 해낼 수 있고 성취로 인해 자주 만족스러워할 수도 있는 사람이었지" 하며 깨달았다. 그간 잃어버렸던 나 자신을 온전히 되찾은 것에 대한 안도감이 수시로 몰려왔다.

나의 예민함을 적극 활용할 수 있는 일

예민함을 잘 활용하기만 한다면 얼마든지 행복하게 살 수 있다. 예민한 성향을 가졌음에도 불구하고 잘 살아내기 위한 수많은 과정 동안에는 남들보다 괴로울 수도 있지만 나만의 스트레스 관리법을 잘 익히고 강점을 발휘하기에 적합한 환경을 만난다면 엄청난 시너지 효과를 발휘하여 성공적인 삶을 살 수 있게 된다.

어머니 말씀에 따르면, 나는 태어났을 때 잘 먹지도 않고, 잠도 조금만 자는 아이였다. 내가 신생아였던 시절, 어머니께서 나를 재우고 집안일이라도 하기 위해서 같이 누워 있던 이부자리에서 나와 방문을 열고 나가려고 하는 순간 문이 열리는 그 작은 소리에도 내가 귀신같이 바로 눈을 떠서 울었다고 한다. 나는 육아 난이도 최상급에 해당하는 아이였다. 나의 예민함은 고등학생 시절까지 이어졌으며 나는 대학생이 되어서야 처음으로 대중교통에서도 잠시라도 눈을 붙일 수 있게 되었다.

나의 강점이자 단점인 '예민함'과 남들보다 뛰어나게 높은 수치로 측정되는 '인간친화지능' 두 가지를 융합해보았을 때 가장 잘 할 수 있는 일은 바로 '타인의 성장을 돕는 일' 그중에서도 '사람들에게 필요한 지식을 전달하는 일'이다. 그래서인지 학창시절부터 필요한 것이 있을 때면 항상 친구들은 나의 자리로 찾아왔고 나는 그 질문에 필요한 내용을 수시로 설명하면서 더욱 성장하였으며 친구들이 자주 찾는 물건을 내 책상 위의 박스에 두고 함께 공용공간처럼 사용하는 것이 행복했다. 또한, 20대~30대 초반에는 사람과 사람을 이어주는 소개팅 주선도 정말 많이 했는데 그 과정 자체가 나는 보람이 있었고 나의 주변이 행복해지면 내가 가장 행복했기에 아직까지도 소개팅 주선은 요청이 들어온다면 언제든 즐겁게 행하는 일 중에 하나이다.

청소년에게 지식을 전달하는 수업을 진행할 때마다 나만의 예민함 센서를 곤두세우면 아이들의 상태와 요구를 누구보다 빠르고 정확하게 파악할 수 있었다. 좋은 이유에서라면 물론 좋겠지만 그 반대의 이유로도 한 반에 꼭 한 명씩은 눈에 자주 띄는 아이가 있기 마련이다. 강당에서 진로 수업을 진행하는데 유독 한 아이가 자리에 앉아있는 것을 힘들어하고 옆 친구에게도 자꾸 말을 걸어서 전체적 수업 분위기가 흐트러졌다. 이러한 상황을 해결하기 위해 개인별 활동이 아닌 팀원끼리 협업하여 수업에 다 같이 참여할 수 있도록 하고 산만하던 아이를 팀장으로 뽑아 칭찬과 함께 집중할 수 있도록 환경을 조성해주니 순식간에 반 전체의 분위기가 좋아졌다. 덕분에 이론 내용 전달 이후 참여 활동까지의 전체적 흐름이 중요한 수업을 매우 만족스럽게 마무리할 수 있었다. 이렇게 나의 예민함은 아이들과 에너지를 주고받을 때, 특히 대상층을 고려하여 분위기에 맞게 지식을 전달하는 수업에서 아주 탁월한 무기로 쓰인다. 남들보다 유난스럽다고 지적받았던 부분이 훗날 당신을 성공하게 해 주는 무기로 쓰일 수도 있다. 본인을 "특별한 역량을 보유한 사람"으로 성장시키는 것은 그 누구도 아닌 바로 나 스스로의 몫이다.

가치 있는 것은 축적하고 아닌 것은 과감히 버리는 습관

내가 앞으로 만나는 사람, 하게 되는 일, 떠오르는 생각을 가치 있는 것들로만 축적하는 것은 쉽지 않지만 내 주변 환경을 그렇게 만들어 나가야 한다. 이 또한 습관이다. 좋은 것이 좋은 것을 부른다. 나의 소중한 시간은 앞으로 살아가게 될 미래를 위해 아낌없이 투자해야 한다. 과거의 경험을 통해 배우는 것은 물론 좋지만 지나치게 얽매여서 후회만 하는 시간은 낭비이다. 과거 실수를 통해 괴로워했던 시간이 아깝고 억울해서라도 치열하게 살아야 한다. 또한, 실수를 통해 아무것도 얻지 못했다면 그건 나의 잘못이기도 하다. 나의 괴로움이 헛되지 않게 스스로 빛을 낼 수 있는 사람으로 성장해야만 한다.

내가 속한 환경은 곧 나를 나타내기도 한다. 미래의 내 모습은 과거와 오늘까지의 내가 노력하고 쌓아온 것의 총합이라고 표현할 수도 있다. 그래서인지 사람들은 나이가 들어갈수록 자꾸만 더 좋은 사람이 되고자 노력한다. 인맥의 양보다는 질로 승부하는 내가 되어야 한다. 서로 좋은 자극을 선사하여 입체적으로 성장할 수 있는 사람과 자주 만나자. 좋은 경험이 모여 내가 향후 맡게 되는 일과 새롭게 만나는 사람들에게 애정을 담아서 잘 할 수밖에 없게 만드는 토양이 되어준다.

쓸데없는 힘은 빼고 내 속도에 맞게 전진하자

사회에 다시 복귀한 후, 인생 전체를 아우르는 희망의 크기가 이전보다 훨씬 커졌다. 내 경력 단절의 가장 큰 수확은 '나와 우리 사회의 희망'이다. 앞으로 살아가면서 중요한 것과 중요하지 않은 것, 꼭해야 하는 일과 놓아도 되는 일들을 잘 구분할 줄 알면 한결 편해진다. 누구에게나 인생의 시간은 한정되어 있으니 중요한 것에 우선순위를 두고 집중하는 것이 효율적인 삶을 살아낼 수 있는 방식이다. 또한, 상황을 통제할 수는 없지만, 상황에 대응하는 방식은 내가 선택할 수 있다. 내 노력으로 되지 않는 것, 바꿀 수 없는 것은 운명이라고 생각하고 받아들이는 것에서부터 시작해야 한다. 그냥 그 자체로 인정해버리는 것이 빠르다.

다시, 시작하는 여성들

여성에게 커리어는 '만능열쇠'다

만능열쇠를 찾아내고 사용 유무를 결정하는 것은 바로 나!

잠겨진 문 앞에서 좌절하지 않고 열쇠 꾸러미에서 끝끝내 맞는 열쇠를 발견하는 사람, 결국 문을 열어내고 문밖의 멋진 풍경을 누릴 수 있게 되는 상황의 주인공은 어려운 상황에서도 결코 포기하지 않는 사람이다. 이것은 경력 단절 여성 이외에 많은 사람들에게도 적용되는 불변의 규칙과 같다.

일에 대한 경력이라는 것은 그 존재 의미 이상으로 삶을 지탱하는 힘의 원천이다. 내가 내 삶의 에너지를 충전할 수 있는 것이 바로 나의 "일"이다. 자신이 좋아하는 일을 찾아내고 그 일을 통해 성취감을 느끼는 것은 나이가 들어도 젊게 살 수 있는 최고의 비결이기도 하다. 제대로 쌓아 온 커리어는 생각보다 오랫동안 나를 잘 살아낼 수 있게 돕는다.

반가운 만능열쇠와 같은 나만의 커리어를 통해 분명히 더 멋진 세상으로 나아갈 수 있으며 생활반경 또한 끝없이 넓혀갈 수 있다. 타인에게 나의 인생을 맡겨두지 말자. 나의 인생은 나만이 개척할 수 있다.

역경을 거꾸로 하면 경력

유도를 배울 때 가장 먼저 배우는 것은 바로 "낙법"이다. 어떠한 행위를 꾸준히 즐겁게 하려면 안전하게 지속하는 법을 먼저 익혀야 한다. 부상 없이 넘어지는 방법을 알아야 더욱 용기를 가지고 행할 수 있으며 좋은 성과 또한 기대해 볼 수 있다. 우리 인생도 마찬가지이다. 넘어질 것을 걱정하여 걷지 않을 필요는 없다. 어쩌다 역경을 마주쳤다고 해서, 잠깐 넘어졌다고 해서 위축되지 말자. 가장 중요한 것은 꾸준히 전진할 수 있는 역량을 갖추는 것이다. 이 과정에서 얻은 경험과 노하우가 미래에 나를 믿을 수 없을 만큼 성장시키는 가장 큰 동력이 된다. 지나고 나면 역경의 시간은 모두 경력이 된다. 어떠한 상황에서도 스스로 포기하지만 않으면 된다.

시도하지 않으면, 아무것도 시작되지 않는다

우리 여성들에게는 출중한 능력이 있고 다양한 꿈이 있다. 갈고 닦아온 소중한 우리의 역량을 오랜 기간 잠재우지 말자. 내가 행복해야 가족이 행복하고 주변 사람이 행복하다. 나의 꿈을 펼치기 위해 당장 지금부터 준비하자. 우리의 소중한 인생은 자신의 노력과 결심에 따라 많은 차이가 있다. 그러니 행복한 미래를 위해 용기를 내어 도전하자.

고민의 기간이 길어진다고 해서 현명한 결정을 할 수 있다는 보장은 없다. 더 이상 시작이 늦어지지 않게 잊고 있던 의지를 다시 꺼내어보자.

해 뜨기 전이 가장 어둡다

경력 단절로 인한 어려움이 극에 달했을 때 포기하고 싶더라도 그대로 주저앉지 말자. 곧 해결의 실마리가 나타난다. 경력 단절을 극복하는 것은 물론 어렵지만, 이미 극복한 사람들의 공통점은 분명 있다. 특별하게 잘났다기보다는 먼저 극복하는 방법을 깨우쳤고 그 방식을 적절한 시기에 내 삶에 용기 있게 적용했다는 것이다. 나 스스로의 한계를 설정하지 말자. 지금은 버겁게 느껴지더라도 나와 사회를 위해서 해내야만 하는 역할이 있다. 자주 시도해 보고 끝까지 노력해 봐야 하는 가치 있는 일이 우리가 살아가는 세상 곳곳에 보물처럼 숨겨져 있다. 지금까지 해왔던 일과 앞으로 해야 하는 일을 구분하자. 일도 사람과의 관계도 마찬가지이다.

내가 가진 것으로 승부하기

앞으로 내가 가진 것을 기반으로 어떤 식으로 조합하고 활용하여 시너지효과를 낼 수 있을지 잠깐이라도 시간을 내어 고민해 보자. 나의 준비성과 민첩함의 정도가 향후 삶의 방향을 결정한다. 떠오르는 생각은 늦지 않게 실행에 옮기자.

자연스럽게 나만의 속도로 걸어가다 보면 나의 빛을 알아보는 사람이 분명 나타날 것이다. 내면이 아름다운 여자들은 잠깐의 눈빛과 대화만으로도 서로를 알아본다.

엄마라는 존재를 넘어 나를 찾아가는 여정을 시작하기 위한 실전 팁이 가득 담긴 이 책을 통해 동시대에 경력 단절에 대한 같은 고민을 하는 여성들이 더 열정적으로 꿈꿀 수 있으면 좋겠다. 나도 모르게 꿈을 잃어버리고 잊어버린 당신이 다시 반짝일 수 있기를 간절히 희망한다.

기회를 잡을 수 있는 사람

언젠가 나를 스쳐 지나갈 기회를 안타깝게 놓치는 상황은 발생하지 않도록 원하던 기회를 만나게 될 순간을 위해 제대로 준비하자. 간절함과 열정을 발휘하다 보면 분명 기회는 온다. 준비된 사람은 그 기회를 잡기만 하면 된다. 이제는 당신이 그 기회를 잡을 차례다.

우리 모두 만능열쇠로 원하는 문을 활짝 열 수 있게 되는 그날을 기대한다.

저자 임하율

세 아이를 키우며 생활용품 브랜드를 창업한 주부 창업가이자, 창업 교육과 기업가 정신 코치로 활동하고 있는 저자는 여성 기업 불모지로 불리는 한국에서 여성 기업의 뿌리가 단단해질 수 있도록 자신의 노하우를 아낌없이 공유하고 있다.

경력 단절 여성 100명이 함께 일과 가정을 양립할 수 있는 회사를 만들기 위해 노력하고 있으며, 여성 기업가로서 겪는 어려움과 이를 극복하는 방법을 공유하며 많은 여성들에게 용기와 희망을 전하고 있다.

여성 기업가가 성장하기 위한 전략과 노하우를 제시하며, 여성 기업가의 성공을 위한 멘토 역할을 하고 있다.

- ㈜오블리브 CEO
- 독일 로이파나 대학교 PI 기업가정신 인증 전문 코치
- 자기주도적여성기업가협회의 창립 멤버이자 현 회장

창업도 아이를 키운다는 마음으로 하라

임하율

타인의 시선을 뚫고 : 사람들이 말하는 내 약점, 알고 보면 내 에너지의 원천

지방 소도시에서 늦둥이 무남독녀 외동으로 태어난 나는 어릴 적 가정 형편이 좋지 않았지만, 큰 고민 없이 즐겁게 성장했다.

어머니는 종종 나에게 "여자는 결혼하면 집안일에 매여 평생을 보낼 수도 있으니, 너는 많이 배우고 결혼은 늦게 하는 게 좋겠다."라고 말씀하셨다. 당시에는 그 말의 의미를 이해하지 못했고 그저 어머니가 집안일이 힘들어서 그렇게 말하는 것이라고 생각했다. 그때는 정말 그 말의 의미를 이해하지 못했다.

그래서 설거지라도 도와드리려고 하면 어머니는 다시 설거지를 하시는 일이 반복되었다. 처음에는 내가 설거지를 제대로 하지 않아서 그런가 싶어 여러 번 다시 해보기도 했지만, 어머니는 여전히 다시 설거지를 하셨다. 시간이 지나고 나서야 어머니가 내가 집안일을 돕는 것을 원치 않으셨다는 것을 깨달았다.

전에는 '왜 나를 못 믿지?'라는 생각이었는데 지금 생각해 보니 내 성격에 하지 말란다고 안 할 게 아니란 걸 알기에 소용없다는 걸 알려 주고 스스로 포기하게 하려고 하셨던 것 같다.

이렇듯 매사 처음에는 어머니를 도우려고 노력했지만, 어머니는 늘 "시집가면 평생 할 건데 손대지 말아라." 하셨다. 그 모습을 보며 내가 집안일을 대신하려는 것을 반기지 않는다는 것을 알았다.
어머니는 내가 지금이라도 집안일에 매여 자신처럼 살지 않기를 바라셨던 것이다.

중학교 3학년이 되던 해, 어려운 가정 형편을 돕기 위해 조금 더 빨리 돈을 벌어야겠다는 생각을 하게 되었고 16살의 나이에 첫 아르바이트를 시작했다. 이후 29살에 결혼할 때까지 아르바이트나 직장 생활을 하며 쉼 없이 달려왔다.

고등학교 진학을 앞두고 기술을 배워 취업에 유리한 조건을 갖추고자 기술을 가르쳐주는 고등학교로 전학을 선택했다. 그러나 학교에서 배운 기술에 이론이 더해져 더욱 깊이 있는 학문을 접하게 되었고 이에 큰 흥미를 느끼게 되었다.

전학 후 처음 만난 담임 선생님의 권유로 관련 대회 준비를 시작하게 되었고 이를 계기로 내가 잘할 수 있는 것을 찾았다는 사실에 행복감을 느꼈다.

방학 때에도 아르바이트와 학교 동아리 활동을 병행하며 학교에서 실기 실력을 쌓았고 그 결과 많은 대회에서 수상하는 쾌거를 이루기도 했다.

부모님께서는 경제적인 이유로 대학 진학을 반대하셨지만, 첫 학기 등록금만 지원해 주시면 그 이후는 스스로 해결해 나가겠다는 약속을 드리고 부모님을 설득하여 대학에 입학할 수 있었다. 부푼 꿈을 안고 시작한 대학 생활이었지만 현실은 녹록지 않았다. 학비 부담 외에도 생각지 못한 지출이 많아 매일 같이 아르바이트를 해도 생활비와 학비를 모두 충당하기 어려웠다.

대학교에 입학하면서부터 다양한 지출이 발생하기 시작했다. 책이나 실습 재료 구입은 물론이고 단체 여행비, 학교 점심 식사비, 기숙사비, 자격증 취득비, 의류비 등 지금은 일일이 나열하기도 어려울 정도로 많은 비용이 들었다.

당시 나는 여대에 다녔는데 학과 친구들은 대학 생활을 즐기는 모습이었다. 멋을 부리고 쇼핑하고 여행하는 것을 보며 부러운 마음이 들기도 했다.

학교 수업이 끝나면 아르바이트를 하러 가고, 통금 시간 전에 기숙사에 들어오는 일상을 보내며 나는 대학에 다녔다.

그러던 중 부전공으로 공부하고 싶은 분야인 대체요법 학과가 신설될 것이라는 소식을 듣게 되었다. 내 전공과 연계하여 취업 시 차별화된 경쟁력을 갖출 수 있을 것이라는 판단하에 2년간의 휴학을 결정하고 학비를 벌기 위해 열심히 일했다.

휴학 기간 동안 학비와 생활비를 어느 정도 마련한 후 복학하여 어린 동생들과 함께 학교생활을 했다. 대체요법 학과를 부전공으로 공부하면서 건강한 삶을 유지하기 위해서는 단순히 병원에 의존하는 것이 아니라 일상생활에서 스스로 실천할 수 있는 방법을 찾아야 한다는 것을 깨달았다.

피부와 화장품에 관심이 많았던 나는 대체요법학을 통해 피부 겉뿐만 아니라 속까지 건강하게 관리하는 노하우를 습득할 수 있었고 이는 취업 시 큰 강점으로 작용했다.

6년이라는 시간이 지나 대학교를 졸업하고 피부과나 성형외과 등에 납품하는 화장품 회사에 취업했다. 상담 및 강의를 진행할 때는 그동안 쌓아온 지식과 노하우를 바탕으로 고객들에게 효과적인 관리 방법을 제시했고 이는 회사의 성장에 기여하는 동시에 나의 성취감을 높이는 데에도 큰 역할을 했다.

원래 부모님께서는 내가 고향에서 은행원으로 일하기를 바라셨다. 아마 보신 직업 중에 여자가 하기에 가장 안정되고 인정받는 직업으로 생각하신 것 같다. 하지만 내가 바라는 삶은 고향에서 사는 것이 또 은행원이 되는 것이 아니었다.

나는 서울에서 전공과 관련된 일을 하며 멋진 커리어를 쌓고 싶었다.

예쁜 정장을 입고 출근하는 모습을 상상하며 열심히 노력했다.

졸업 후에 전공과 관련된 회사에서 강사와 영업사원으로 경력을 쌓았다. 그렇게 나는 바라던 모습으로 살아볼 수 있었다.

그렇게 다니던 회사에서 남편을 만나 결혼 준비를 시작하면서 신혼집과 가까운 회사로 이직하기 위해 일을 그만두었다. 결혼과 이직이라는 큰 변화를 앞두고 긴장되기도 했지만 한편으로는 새로운 시작에 대한 기대감도 있었다.

하지만 결혼 후 처음으로 면접을 본 날 예상치 못한 질문을 받았다.

"결혼하셨어요?"
"네."
"그럼 아이를 가질 계획이 있으신가요?"
"네."

당시에는 면접을 잘 봤다고 생각했고 합격할 수 있을 것이라고 기대했지만 결과는 불합격이었다. 시간이 지난 후에야 그 이유를 알 수 있었다. 결혼한 여성, 아이를 가질 계획이 있는 여성을 채용하는 회사는 드물다는 것을 말이다.

이직 준비를 하면서 강사 과정 수업을 들으며 커리어를 채워 나가던 중 첫째 아이가 찾아왔다. 처음에는 당황스러웠지만 이내 기쁨이 몰려왔고 '이제 일을 하지 않아도 되는구나' 혹은 '못하는구나. 어쩔 수 없지!'라는 생각을 하며 이직 준비를 멈추고 육아에 전념하기로 했다.

시댁에서도 아이는 세 살까지는 엄마가 키워야 한다고 말씀하셨고 나 역시 그 말에 동의했기에 일을 쉬기로 했다.

지나고 보니 이렇게 쉽게 일을 놓았던 것은 '남편이 돈을 벌어오니까'라는 생각과 결혼 후 여성은 주부가 되어야 한다는 사회적 편견에 나도 영향을 받은 것일지도 모르겠다.

어쩌면 16살 때 이후로 일을 쉬어본 적이 없어서일까?

그때는 집에서 아이를 키우며 주부로 지내는 삶, 취미 생활을 하고 집안을 꾸미고 가족을 위해 요리하는 그런 삶을 살아도 된다는 생각을 하며 '이것도 꽤 멋진데' 라고도 생각했다.

하지만 이런 생각은 몇 개월을 채 가지 못했다.

나는 음식 하는 것을 즐거워하거나, 집안을 꾸미는 것에 흥미가 있는 사람이 아니었다. 매일 비슷한 하루를 보내던 나는 조금씩 자신감을 잃어갔고, 답답해졌고 초조해졌다. 그렇게 주부로 지내면서 생각했던 만큼의 즐거움을 찾지 못해 몇 개월 만에 일을 다시 찾기로 했다.

외동딸로서 부모님을 챙길 수 있는 사람은 나밖에 없었고, 일을 그만두면 부모님을 지원해 드릴 방법이 사라졌다. 먼 고향에 계신 부모님을 돌봐드리지 못하고 용돈도 드리지 못하게 되자, 돈에 대한 압박이 더 커진 것을 느꼈다.

당시 남편의 카드로 생활비를 사용했는데 그 돈으로 내 개인적인 소비를 하는 것은 마음이 편치 않았다. 미용실, 옷, 커피와 같은 개인 소비를 자제하면서 스스로 눈치를 보았다.

'아이가 태어나면 더 많은 돈이 들 텐데, 신랑이 혼자 버는데…. 아껴야지.'라는 생각에 일상생활에서 커피 한잔을 사 먹기가 힘들었다. 이런 마음의 부담은 임신 중 호르몬의 영향도 있었을지 모르겠다.

이러한 상황에서 경제적 자유를 잃으면 자존감이 얼마나 떨어질 수 있는지 깨달았다. 그리고 한동안 나 자신을 원망하게 되었다.

'왜 결혼 후에 다시 일하기가 어려울 수 있다는 생각을 못 했을까.'
'왜 아이를 낳고도 배울 수 있는 기술이나 디자인 등을 고민하지 않았을까.'

여러 가지 고민들과 질문들을 통해 나는 다시 돈을 벌기 위해 창업을 결심했다.

임신 6개월이 된 되던 때, 나는 나온 배를 뒤뚱거리며 남대문에 가서 온라인 쇼핑몰 교육을 들었다. 아이를 낳을 예정이니 내게도 필요한 아동복 쇼핑몰을 시작해보면 어떨까 생각하여 출산 전에 온라인 창업 기본 준비를 시작했다. 상호명을 정하고 사입처를 찾고 블로그와 카카오스토리도 만들었다.

그렇게 첫 창업 준비를 마치고 첫째 아이를 낳았다. 100일간은 몸의 회복과 아이 돌보기에 전념하며 쇼핑몰 생각도 미루고 있었다. 그러나 아이가 100일이 되자마자 아동복 쇼핑몰을 오픈했다. 당시 남편을 설득해서 받은 창업 자본금 30만 원을 가지고 웹디자이너로 근무하는 친구와 함께 아동복 쇼핑몰을 시작했다.

아기가 낮잠을 자는 동안 짧은 시간이지만 블로그 글을 작성할 수 있는 소중한 시간이었다. 이러한 육아 자투리 시간을 활용하여 아동복 쇼핑몰을 창업하여 처음 사장이 되었다.

첫 아이를 낳고 1년 동안은 내가 기억하는 중 세상에서 가장 힘든 시간을 보냈다. 세수조차 제대로 할 여유가 없는 정신없는 일상에서 인생이 정반대로 변한 것 같은 느낌이었다. 아이를 키우기 전까지는 아침에 남편보다 먼저 일어나서 기본 화장을 하던 나였는데, 이제 그런 건 신경 쓰지도 생각하지도 못 하는 일이 되었다.

처음이라 서툰 게 많았던 엄마로서의 역할과 처음 창업의 시도로 사업가의 역할을 병행하다 보니 여러 가지 고생이 많았다.

그래서 내가 하는 고생을 나누고 싶어서 했던 것 중 한 가지는 지방에서 창업하려는 엄마들이 더 많은 정보를 얻을 수 있도록 남대문의 아동복 사입처 정보를 블로그를 통해 공유하기도 했다.

아동복 쇼핑몰을 운영하면서 대량 주문은 거의 들어오지 않았지만, 하루에 몇 개씩 제품이 팔리는 것을 보면서 큰 기쁨을 느꼈다. 새로운 제품을 사입하러 다니고 밤 시장에 가는 힘든 일상 속에서도 다시 스스로 돈을 벌고 있다는 것에 정말 행복했다.

예를 들면 아이와 함께 문화센터 수업을 듣고 나왔는데 주문이 들어와 있기도 했고, 자고 일어나 보니 주문이 들어와 있기도 했다. 주문이 들어올 때마다 돈을 벌어주는 온라인 쇼핑몰의 매력에 빠져들었다.

그러나 생각하지 못한 어려움이 있었다. 아동복은 사이즈 별로 사입해야 하다 보니 재고가 남는 경우가 자주 있었고, 집에서 일을 병행하려니 공간이 턱없이 부족했다. 또한, 더 저렴한 판매처가 생겨나면서 단순하게 옷을 사입하고 사진을 올려 두는 정도로는 이 일을 오래 할 수 없다는 예감이 들었다.

마침 나의 아동복 쇼핑몰을 눈여겨보던 분이 인수하기를 원하셔서 상호명과 사이트와 재고를 모두 드리고 나는 아동복 사업에서 손을 떼게 되었다. 그때 나는 배운 게 몇 가지가 있다.

첫째, 사이즈가 다양한 제품은 취급하지 않겠다.
둘째, 사입하는 제품을 하지 않겠다.
셋째, 온라인 사업은 엄마 창업가에게 아주 좋은 시장이다.

시간이 흘러 둘째와 셋째 아이를 낳고 키우며 7년간 주부로 지내는 시간을 갖게 되었다.
그러다가 2019년 둘째와 셋째 아이가 어린이집에 다니기 시작하면서 나는 다시 창업의 길로 발을 내딛게 되었다. 전에 배웠던 3가지를 기억하면서 말이다.

이번에는 남들이 팔지 않는 상품, 내가 느낀 불편함을 개선할 수 있는 생활용품을 기획하고 만들기 시작했다. 그리고 내가 만든 생활 공감 상품을 현재 온·오프라인으로 판매하며 창업가로서의 길을 걸어가고 있다. 이 과정에서 나는 자주 듣는 몇 가지 말에 부딪히게 되었다.

"아이들 다 키우고 나서 일해도 늦지 않다."

"아이 키우면서 창업하기 어렵다." "창업은 시간을 많이 써야 하는데 아이들 어린이집 간 시간 하는 일로는 성공하기 어렵다."

"너는 역량은 있지만 아이 세 명을 키우기 때문에 또 가족이 있기에 도전을 계속해야 하는 창업에서 살아남기가 힘들 거야." 등.

하지만 이런 주변 의견이 오히려 나를 더욱더 도전하게 했다.

몇몇 사람들에게 내가 아이 세 명을 키우는 것과 결혼한 여성인 것 그리고 주부인 것이 창업에 걸림돌이라고 하지만 내 생각은 다르다.

나는 그저 예쁜 것을 좋아하고 정시 퇴근 이후의 여가 시간을 중시하던 한 여자였다. 하지만 한 사람의 아내가 되고 세 아이의 엄마가 되면서 크게 달라졌고 성장했다.

인생의 많은 장애물 앞에서 나는 우리 아이들에게 멋진 엄마가 되고 싶었고, 낮밤뿐 아니라 주말까지도 열심히 일하는 남편을 보며 그 짐을 나누고 가족을 함께 책임지고 싶은 마음이 나를 더욱더 간절하게 창업의 길로 나아가게 만들었다.

이 모든 것을 통해 나의 창업은 '우리 가족이라는 힘'을 담고 있다.

이를 통해 내가 하고 싶은 이야기는 흔히 말하는 경력 단절 기간도 내 스토리를 담고 내가 잘하는 일과 연결하면 창업 아이템이 될 수 있다는 것이다.

처음에는 경력 단절로 여겼던 전업주부 시절이 내가 현재 여러 가지 아이디어 생활용품을 만들 수 있는 발판이 되었다는 것을 깨닫게 되었다.

경력 단절 여성은 여러 가지 변수가 발생할 수 있다.

예를 들면, 회사에서 경력이 오래 멈췄다고 판단해서 채용하지 않을 수 있고, 아이들 하원 전에 퇴근해야 하는데 파트 타임이 안 될 수도 있다. 또 회사가 너무 멀어도 안 되고, 육체적으로 너무 힘들어도 안 된다. 퇴근 후에 아이들 케어가 어렵기 때문이다.

알고 있다.

경험해 보지 못한 사람은 핑계라고 생각할 수 있다. 무슨 일이 있어도 일에 집중하고 잘 해내야 하는 것도 맞는 말이다. 하지만, 엄마 역할을 해야 하니 생각이 많아진다.

이런저런 고민 끝에, 나는 아이가 열이 날 때 바로 달려가는 것이 눈치 보이는 보통의 회사를 다닐 수 없다고 판단했다.

세 아이를 키우는 내게는 육아 변수가 세 배로 발생하기 때문이다.

이런 내 상황상 재취업하기 어렵기 때문에 선택지가 많지 않았다. 그래서 '이걸 할까 저걸 할까' 고민하는 시간도 적었다. 창업이 내가 원하는 시간에 할 수 있는 일이었고 주부라는 경력을 통해서 더 잘 해 낼 수 있는 것이라는 생각이 들었다.

이렇게 나는 아이를 돌보는 것에 문제없도록 창업을 해서 사장이 되었다.
지금도 쌓여가는 주부경력을 가진 경력보유 여성으로 즐겁게 일하고 있다.

나는 창업을 통해 지금까지의 경험을 토대로 나는 나와 같은 상황에서 고민하는 여성들을 도울 수 있는 부분을 찾고 돕고싶다.
가족과의 균형을 유지하며, 자아실현과 업무의 즐거움을 동시에 찾는 여성들을 위한 회사를 설립하여 나만의 꿈을 이루기 위해 열심히 달려가고 있다.

또 아이에게 존경받는 엄마, 삶을 열정적으로 살아내고 결국에 성공한 엄마가 되고 싶기에 더욱더 힘을 낸다.
이렇듯 내 약점으로 보이는 경력 단절이 또 가족이 실은 내 가장 큰 강점이다.

다시, 시작하는 여성들

실전에서 배운 창업의 힘 : 경험을 모아서 생활용품 브랜드 대표로

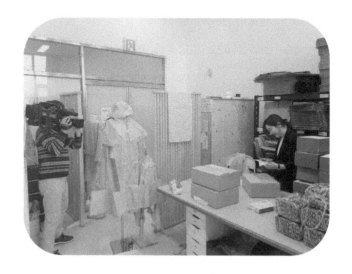

나는 16살부터 아르바이트를 시작해서 적지만 스스로 돈을 벌기 시작했다.

내게 일이라는 것은 무언가를 배우고 경험할 수 있는데 직원 할인도 받고 거기다 돈까지 벌 수 있는 굉장히 즐거운 일이었다. 그러다 보니 나는 내가 필요한 것을 배울 수 있는 곳에서 일하기도 했다.

내가 지금까지 해온 일을 통해 배운 점에 대해 이야기하고 싶다.

첫 번째, 애견미용실 아르바이트 경험이다.

나는 크면 강아지를 키우고 싶었는데 강아지를 키울 때는 사료비며 미용비며 비용이 많이 든다는 것을 알고 있었다.

그래서 '미용은 내가 직접 해줘야겠다, 바리깡으로 밀면 되지 않을까?'라는 생각을 하고 있었는데 교차로 신문(당시 부동산/아르바이트 정보가 들어있는 신문)에 애견미용실에서 아르바이트생을 구인한다는 공고가 올려져 있었고, 미용사를 도와주는 스태프를 구하는 거라 기본 미용을 알려준다고 되어있었다. 그렇게 근무하게 된 애견미용실에서 귀여운 강아지를 보는 것도 좋았고, 미용하면 나이 많은 강아지도 10년쯤 어려 보이게 변하는 것이 신기하고 재미있었다.

지금 나는 강아지를 키우고 있는데 발이나 엉덩이, 눈 쪽 기본 위생 미용 정도는 내가 직접 해주고 있다. 한 달에 3만 원 정도는 아끼는 게 아닌가 생각을 하며 20년 전에 배운 기술을 지금도 사용하고 있어서 뿌듯하다.

두 번째로 기억에 남는 경험은 쌀로 만드는 피자집에서 아르바이트를 했을 때의 일이다. 이 피자집은 한 대표님이 창업하고, 그를 따르는 내 또래의 젊은 대학생이 가맹점을 내고 교육하는 곳이었다. 당시 나는 남들이 다 아는 큰 기업에 들어가서 월급을 많이 받는 것이 성공의 기준이라고 생각했다. 그런데 그 친구는 거의 월급을 받지 못하면서도 열정적으로 홍보하고 판매했다. 당시에는 그의 열정을 이해하지 못했지만, 지금은 내가 비슷한 상황이 되어보니 그 마음을 알 것 같다. 창업가의 어려움과 노력을 어깨너머로 봤기에, 내가 지금 하는 일이 힘들 때는 "쉬운 사람은 보지 못했잖아?"라고 스스로를 위안하곤 한다.

세 번째로 기억에 남는 경험은 내가 졸업 후 처음으로 근무했던 한 화장품 회사에서 배운 것이다. 떨리는 마음과 기대를 안고 입사한 화장품 회사에서 나는 강사로 취직했다. 입사 후 첫 강의를 준비하며, 이해하기 쉽도록 자료를 많이 넣어 PPT를 만들었다. 나름 애써서 준비한 강의였지만, 3장쯤 넘어갔을 때 부장님이 내게 말씀하셨다. "앞으로는 원 페이퍼만 사용해서 발표하도록! 그리고 지금은 원하는 페이지 1장만 켜서 강의하세요!"

그 순간 내 머릿속이 하얗게 되었고, 어버버하다가 시간을 마쳤다. 그날 쥐구멍이라도 있다면 숨고 싶을 정도로 창피했다. 그러나 그 사건 이후로 나는 PPT에 간략한 글과 그림, 도표만 넣어서 몇 장 이내로 말하는 습관을 기르게 되었다. 오히려 많은 내용을 담은 PPT는 집중도를 분산시킨다는 것을 배웠고, 그 후로는 PPT에 의존하여 읽는 식의 발표를 하지 않게 되었다. 화장품 회사에서의 경험은 업무 중 핵심을 짚어내는 능력을 키워주었고, 부장님의 조언을 통해 내 강점을 발견하는 계기가 되었다. 이후에는 간략하면서도 효과적인 발표 스타일을 개발하여 업무 효율을 향상시킬 수 있었다.

또 네 번째 경험은 다른 화장품 회사에서 처음으로 피부과 영업을 나갔을 때였다.

이 회사에서는 사내 강사가 되기 위해서는 세일즈 포인트 등을 알아야 했다. 그래서 영업사원과 함께 영업경험을 쌓아야 했다.

이전까지 내가 생각하는 영업이란 '사달라고 부탁하고, 좋다고 설득하는 일'이었기에, 거절의 확률이 높아 부끄러움도 많을 것이라고 생각했다. 또한 많은 영업사원의 방문으로 피곤해하는 사람들로 인해 반기지 않는 직업일 것이라는 생각과 문전박대를 당하는 일이 일상인 직업이라고 여겼다. 그래서 정말 끌려가듯 병원 영업을 나가게 되었고, 새로 오픈한 병원에 선배와 함께 방문한 날은 충격적이었다.

'영업이란 내가 생각한 것과 완전히 다른 것이구나!'라는 깨달음이 들었다.

우리 제품에 대한 장점을 나열하며 저자세로 판매를 유도하리라는 내 예상과는 달리, 선배는 고자세로 제품 품질에 대한 충만한 자신감을 가지고 영업했다. "원장님, 저희 이런 신제품 나왔는데 모르셨죠? 고객님 만족도가 달라지는 제품이라 테스트해 본 곳은 80% 이상 연락을 주시는 제품이니 테스트해 보시고 연락 주세요!"라고 말하는 모습은 아직도 잊히지 않는다. 나보다 몇 살 많은 여자 선배였는데, 그 당당함과 포스에 감탄이 절로 나왔다. 그때 나는 배웠다. 영업이란 내가 부탁하는 일이 아니고, 필요한 사람들에게 제품을 소개하여 도움이 되게끔 하는 일이라는 것을 말이다. 이 경험을 통해 영업에 대한 인식이 완전히 바뀌었고, 나 또한 자신감을 가지고 영업에 임할 수 있게 되었다.

그리고 다섯 번째, 모 전자제품회사에서 근무할 때의 경험이다. 입사하자마자 연수원에서 일정 기간 동안 숙식을 하며 제품을 숙지하고 무한 PT를 통해 강사가 되기 위한 준비를 했던 적이 있다. 이 회사에서 강사로 일하면서 매장을 돌며 강의를 진행하는 업무가 있었기에 자동차 보유 및 운전 가능자여야 했는데, 입사 당시에는 운전 면허증은 있었지만, 흔히 말하는 '장롱 면허'로 인해 운전을 할 수 없었고 차도 없었다.

그러나 운전 때문에 입사를 포기할 수 없었기 때문에, 주중에는 하루 종일 제품 공부와 PT에 매진하고, 주말에는 개인 교습을 통해 운전을 배우고 연습하며 중고차를 구입했다. 이런 경험을 통해 PT라는 것이 그렇게 떨지 않아도 된다는 것을 또 한 번 배웠다. 강사로서 내가 이 제품에 대해서 공부 했기에 가장 잘 알고 있고, 이 제품을 처음 보고 잘 모르는 영업사원분에게 교육하는 것이지 그 제품을 다 알고 있는 영업사원이 나를 보며 '얼마나 잘하는지 보자.'하는 것은 아니라는 것을 깨닫고 용기를 내니 그 전보다 사례를 들어서 설명하기가 편해졌다.

그리고 나는 몇 년 동안 바라던 차 소유가 이렇게 간단하게 이뤄질 수 있다는 것에 놀랐다.

이때 당장은 어려워 보이는 상황에 맞서는 능력을 배웠고, 시작을 하면 누구든지 능동적으로 움직일 수 있다는 것을 깨달았다. 그래서 나는 지금도 일을 먼저 시작하며 고민은 짧게 하고 생각과 동시에 행동하는 습관이 있는 것 같다.

이 경험은 나의 다양성과 융통성을 키우는 데 큰 역할을 했다.

또한, 프랜차이즈로 유명한 모 베이커리 회사에서 근무하면서 매장 위치 선정, 매장 D.P. 행사 기획 등을 배웠다.

이때 배운 것은 현재 내가 부동산을 알아보거나 행사에서 진열을 하거나 포장을 할 때 아직까지 활용되는 내 능력이다.

이렇듯 6가지의 다양한 직종과 직장 경력 속에서 현재 내가 일하는 방식과 내가 강한 분야를 만들기도 했고 새로운 장점을 찾게 되기도 했다. 이 경험들은 나의 다양한 경력을 통해 현재의 나 자신만의 특화된 강점을 만들었다.

지금 회사를 운영해 나가는 데 있어서, 내 전 직장에서의 경험이 귀중한 가이드가 되고 있다. 나는 온·오프라인에서 제품을 판매하는데 창업 초기에는 내가 백화점 판매도 직접 했다. 만약 영업에 대한 거부감으로 오프라인을 생각하지 못하고, 2019년 레드오션이였던 온라인 판매에서 자리를 잡지 못했다면 힘들어하는 시간이 더 길었을 것이라고 생각한다.

어느 정도 성장한 지금은 영업 담당 실장님과 매니저님이 생겼고 전시회 일정 외에는 내부 업무가 많아져 판매는 거의 나가지 않고 있다.

판매뿐 아니라 지금 내가 운전을 못 한다면 물류비로 많은 돈을 들여야 했을 것이고, 백화점 판매를 위해 이동하기 위해서는 택시를 이용해야 했을 것이다.

창업에는 기동력이 좋은 것이 굉장한 장점인데 이 또한 그때 그렇게라도 도전했기에 갖춰진 내 능력치인 것이다.

또한, 창업하면서 정부 지원사업에 참여하고 P.T.를 해야 하는 일이 자주 있었는데, 아직까지 서류 통과 후 P.T.에서 떨어진 적이 없다. 이것은 내 직장 경력에서 얻은 짧은 시간 P.T.로 발표를 자신 있게 할 수 있는 역량이 있기 때문이 아닐지 생각한다.

물론 내가 경험하지 못한 부분도 많고, 이론 없이 실전 경험만 많았기에 창업 초기에는 많은 어려움을 겪었다. 대면에서는 강하게 보일지라도 비대면인 서류에서는 디테일이 부족하여 애를 먹기도 했다. 그러나 이러한 모든 경험은 나의 성장과 성공에 중요한 밑거름이 되었고, 앞으로도 나의 경력과 능력을 더욱 발전시키는 데 큰 도움이 될 것이다.

PPT나 업무 문서 작성은 나에게 익숙하지 않은 분야여서 정부지원사업에서 여러 차례 떨어진 경험이 있다. 그러나 지난 5년 동안 창업 지원 센터에서 분기별 보고서를 의무적으로 작성하면서 내 실력은 조금씩 향상되었다. 서류 업무를 전문으로 하시는 분들의 일 처리를 보면서 많은 것을 배울 수 있었다. 서류를 작성하는 데 100% 완벽한 답은 없었고, 사람마다 스타일이 다르다는 것도 알게 되었다.

다시, 시작하는 여성들

내가 만난 분 중 한 분은 체계적으로 파일에 이름을 적고 글자색과 도형을 활용하여 서류를 알아보기 쉽게 수정하는 모습을 보여주었다. 나는 그분의 작업을 옆에서 1시간 이상 지켜보며 감탄을 금치 못했다. 그런 분의 눈에는 내 서류가 초등학생 수준으로 보였겠구나 하는 생각에 지금까지의 상황을 이해하며 굉장히 숙연해졌다. 이 또한 일을 하면서 배우는 과정의 일부였고, 잘 모르는 부분을 알아가는 것은 매우 새롭고 재미있는 경험이었다.

나는 이렇게 이론보다는 실전에서 행동하며 배우는 것을 선호하는 사람이다. 그래서 반복적인 일을 좋아하지 않는다. 해야 하는 일은 해야겠지만, 굳이 하지 않아도 되는 반복적인 일은 피하고 싶다. 이러한 성향 덕분에 나는 육아를 하면서 생활 속에서 반복되는 불편함을 해결하는 아이디어 생활용품을 만드는 회사 대표가 되었다. 창업에도 여러 길이 있는데, 내가 선택한 생활용품 창업은 내가 잘하는 것과 싫어하는 것을 반영하여 발견한 나만의 분야다.

만약 내 동생이 있고, 그 동생이 다시 일하고자 결심한다면, 나는 이렇게 말해주고 싶다. 경력이 단절된 후 커리어를 다시 시작할 때, 자신을 대학을 막 졸업한 사회 초년생이라고 생각하라고 말이다. 한없이 자신을 낮추라는 의미가 아니라 처음은 그런 마인드로 취업하여 경력을 잇는 것이 중요하다는 것이다.

내 주변에는 전업주부로 지내면서 다시 일하고 싶어하는 엄마들이 많이 있다. 대부분은 아이를 돌봐야 해서 다시 일할 수 없는 상황이지만, 간혹 아이가 조금 커서 일을 해보고 싶다고 말하는 경우가 있다. 그러나 하고 싶은데 막상 일을 시작하지 못하는 이유는 과거의 자신을 잊지 못해서라고 생각한다.

"내가 ○○대학교를 나왔는데."
"대기업에서 일했는데."
"내 월급이 얼마였는데."

이런 생각이 들 때는 다시 일하기 어려워했다.
나 또한 창업하면서 초기 3년 동안은 수익이 거의 없었다. 그래서 가족들은 "아르바이트를 해서 돈을 벌면 그것보다는 많이 벌 거고, 안정적으로 돈이 들어오는 게 백번 낫다."는 이야기를 참 많이 했다.

그럼에도 불구하고 나는 내가 좋아하는 일을 선택했고, 현재는 창업을 통해 많은 것을 배우고 성장하고 있다. 지난 5년 동안의 경험은 내게 큰 자산이 되었다. 창업 지원 센터에서의 보고서 작성, 다양

다시, 시작하는 여성들

한 사람들과의 협업, 새로운 것들을 배우는 과정에서 나는 많은 성장을 이룰 수 있었다. 이런 경험들이 지금의 나를 만들었고, 나만의 강점을 발휘할 수 있게 해주었다.

나는 앞으로도 계속해서 도전하며 성장할 것이다. 경력이 단절되었다고 해서 두려워하지 말고, 새로운 시작을 두려워하지 말기를 바란다. 내가 배운 것은, 어려움에 맞서고 도전하는 것이 결국 나를 성장시키고 성공으로 이끌 것이라는 것이다.

창업을 시작하면서 나는 마음속으로 3년 동안은 돈을 벌기보다는 '내가 만들고 싶었던 제품을 만드는 데 집중하자'고 다짐했다. 그래서 초기 수익은 신제품을 개발하며 재투자하는 데 사용했다.

창업을 긴 여정이라고 생각했기에 그렇게 마음을 먹었는데, 지나고 보니 창업은 아이를 키우는 것과 닮아 있다는 것을 깨달았다. 예를 들면 아기가 태어나자마자 돈을 벌 수는 없지 않은가! 아이들이 자라날 때까지 잘 보살피며 시간을 들여야 어른이 될 수 있는 것처럼 말이다. 나무도 뿌리를 내릴 시간이 필요한 것처럼, 내가 시작한 이 창업도 뿌리를 내리고 성장할 수 있는 시간이 필요했다.

그래서 나는 창업을 꿈꾸는 엄마들에게 이렇게 말해주고 싶다.

"창업도 아이를 키운다는 마음으로!"

창업 초기에는 시간이 필요하고, 꾸준한 노력이 필요하다는 점을 이해하는 것이 중요하다.

나는 지금도 브랜드에 대한 인지도가 생기고 안정적으로 돌아가는 시점을 10년으로 보고 있다. 창업에서 생존은 현상 유지나 제자리를 지킨다는 것이 아니다. 만약 올해가 작년과 같다면 그것은 뒤처진다는 의미다.

유유히 헤엄치는 백조가 보기에는 우아해도, 그 아래에서는 힘찬 발길질을 계속하는 것과 비슷하다. 잘되든 잘되지 않든 계속 투자하고 업그레이드해야 한다. 이 점을 모르는 사람들은 내가 잘 벌어서 사업을 늘리고 투자하는 것이라고 생각할 수 있지만, 실제로는 계속 투자해야 살아남을 수 있는 것이다.

내가 계획한 10년 중 이제 앞으로 5년이 남았다. 이렇게 긴 안목으로 사업을 바라보기에 조급함에 잘못된 결정을 하지 않을 수 있었다. 물론 1년 차부터 판매가 잘되고 매출이 많이 나오기를 바랐지만, 그 바람이 이루어지지 않았을 때도 '아직 3년이 안 됐잖아'라고 위안을 삼을 수 있었다. 그래서 나는 돈을 벌 욕심을 내지 말라는 것이 아니라, 나를 위로할 수 있는 마음가짐이 필요하다는 것을 말하고 싶다.

다시, 시작하는 여성들

직장에 재취업해서 힘들 때도 '3년이면 적응할 거야, 오래 쉬었잖아
'라고 스스로를 다독이는 마음으로 말이다.

창업은 길고 힘든 여정이지만, 나 자신을 믿고 노력한다면 반드시
성공할 수 있는 과정이라고 생각한다. 더불어, 돈을 벌기 위한 욕심
보다는 내가 만들고 싶은 제품을 창조하는 과정에서 오는 만족감이
무엇보다 크다는 것을 깨달았다.

지난 시간을 돌아보면, 의미 없는 일은 하나도 없었다. 내 이전 경
험과 경력들은 각각 고유한 색상을 가지고 있으며, 이는 나만의 컬
러를 가진 커리어 무지개를 이루고 있다. 이러한 경험들이 모여 현
재의 나를 만들었고, 앞으로도 더 나은 나를 만들어갈 것이다.

나는 창업 초기의 어려움을 극복하고, 계속해서 배우고 성장하며
나만의 길을 개척해 나가고 있다. 창업을 준비하는 이들에게는 길고
힘든 여정 속에서도 포기하지 말고, 자신을 믿고 나아가라는 메시지
를 전하고 싶다.

나도 내 경험을 통해 얻은 교훈과 배움을 바탕으로, 나 자신과 내
가 만드는 제품에 대한 자부심을 가지고 앞으로도 계속해서 도전할
것이다.

여성에게 커리어는 '나만의 색을 담아둔 무지개'이다

●

나는 '컬러리스트'라는 국가 자격증을 가지고 있다.

이 자격증을 공부하면서, 소량이라도 검정이 들어가면 더 깊이 있는 컬러가 된다는 사실을 알게 되었다. 그 전에는 검정이 들어가면 색이 망쳐진다고 생각했었다. 하지만 공부를 통해 다양한 색을 섞어가며 만들어지는 수백 가지 컬러를 보면서 알게되었다.

비유하자면 검은 색처럼, 좋지 않았던 순간들조차도 나를 더 깊게 물들이고, 그 어두운 경험 안에서도 새로운 근사한 색채를 찾아낼 수 있다는 것을 깨달았다.

이러한 깨달음은 커리어 무지개 안에서 어떤 색도 나만의 특별한 무지개로 만들어질 수 있다는 생각으로 이어졌다.

다시, 시작하는 여성들

모든 경험은 나의 무지개에 특별한 빛으로 남아, 나라는 한 사람을 더욱 독특하고 아름답게 만든다. 내 삶의 무지개는 지난 나의 모든 경험의 산물이다.

다소 어두울 수 있었던 기억조차도 내 색채와 이야기를 더욱 풍부하게 만들어준 것처럼, 여러분의 경력 단절 역시 새로운 커리어의 시작이 될 수 있다.

여러분도 경력 단절을 극복하고 새로운 도전에 나설 때, 처음은 낯설 수 있지만 자신의 강점과 역량을 섞어 나만의 독특한 경력을 만들어 보길 바란다.

잊지 마라. 어떤 경력도 나만의 무지개로 만들 수 있다. 여러분의 경험과 역량을 섞어 나만의 특별한 빛깔을 찾아내라. 선배 창업가로서 말하고 싶다.

새로운 도전은 항상 가치 있다는 것을.

여러분이 가진 강점과 열정으로, 당신의 무지개의 색감을 더욱 화려하게 만들어 나가길 바라며 응원한다.

새로운 커리어의 문을 열고 나아가는 여정에서 여러분이 찾는 색다른 성장과 성공이 있기를 기대한다. 좋은 학벌도, 인맥도, 자금도 없었고, 흔히 말하는 세 아이를 독박 육아로 키우는 전업주부이자

5년 차 창업가인 나도 한 걸음 한 걸음 걸어가며 내가 만든 브랜드를 튼튼하게 성장시켜 나가고 있다. 여러분도 무엇이든 해낼 수 있다.

힘을 내고, 꿈을 향해 나아가길 바란다.

마지막으로 내가 가장 좋아하는 말 중 하나로 이 글을 마무리하고 싶습니다.

"He can do it, She can do it, Why not me?"
(그도 하고 그녀도 하는데 나라고 왜 못하겠는가)

이 문구는 나에게 항상 용기와 희망을 주는 말이다. 여러분도 이 말을 기억하며, 자신을 믿고 도전에 나서기를 바란다. 어떠한 어려움이 닥쳐도 포기하지 않고, 꾸준히 노력하면 반드시 성공할 수 있다. 여러분의 무지개는 또 다른 특별한 색깔로 채워질 것이다. 꿈을 이루기 위한 여정에서 항상 용기와 자신감을 가지고 나아가길!

창업도 아이를 키운다는 마음으로 하라_임하율

저자 김지혜

김지혜는 삼성전자와 LG전자에서 사내 통역사와 번역사로 근무한
경력이 있으며 현재에도 통역사로 활동하고 있다. 해외 싱가포르
기업에 입사하여 말레이시아와 중국에서의 사업 개발과 영업 업무
를 담당하며 해외 근무 경험을 쌓았다. 이후 두 아이의 엄마로 임신
과 출산으로 5년의 경력 단절 기간을 가져야 했다. 현재는 기업 강
사로서 글로벌 비즈니스 업무 문화와 역량 강화 강의 및 워크숍을
진행하고 있으며 외국인 대상으로 한국 콘텐츠와 비즈니스 문화 강
의 및 워크샵을 영어로 진행하고 있다. 또한, Cultural Talk For
Diversity & Inclusion 커뮤니티를 운영하여 다양성과 포용성에
대한 토론을 촉진을 위해 온라인 컨퍼런스를 주기적으로 개최하며,
해외 비즈니스와 글로벌 관련 콘텐츠를 전달하기 위해 유튜브 채널
[김지혜 강사 TV]를 운영하고 있다.

강사로 성장하는 나를 응원한다

통역사에서 엄마로 자라고

김지혜

해외에서 도전으로 채운 20대, 두 아이의 엄마가 되다

●

순수 국내파 통역사의 영어 공부 비법

나는 순수 국내파 통역사였다. 어학연수나, 해외 체류 경험 없이, 영문과도 아닌 내가 통역사로 일을 시작했었다. 많은 사람이 어쩌다 통역까지 할 수 있게 되었는지, 어떻게 하면 영어를 잘할 수 있는지 질문한다. 그때마다 나는 정답 같은 비법을 알려 주고 싶다. 하지만 사람들에게 알려줄 만한 그런 비법이 있었나 고민해 보지만 딱히 떠오르지 않는다.

꿈이 통역사였던 적은 단 한 번도 없었다. 대학교 4학년이 되니 친구들이 두 파로 나뉘었다. 공무원 준비파, 사기업 준비파. 사기업은 어느 정도의 토익 점수가 요구되었다. 나는 내가 공무원과는 어울리지 않는다고 생각했다. 그래서 막연하게 영어 공부를 시작했다. 당시 학교 인근의 학원에 등록했다. 종교집단이 운영하고 외국인 선교사가 수업하는 학원이었다. 각반마다 수업의 편차도 있었고, 외국인 선생님의 발음도 제각기였다.

4년의 대학 생활을 즐기기만 하다 학원에 등록한 나로서는 그 발음이 어떠하든 알아들을 수 없었다. 선생님의 질문을 알아듣지 못하고 엉뚱한 답을 하기 일쑤였다. 매일같이 혹시나 말을 시킬까 긴장하고 선생님의 눈을 피하며 지냈다. 1년 과정의 수업은 2달 치 수강료를 한 번에 지불해야 했다. 확실히 돈을 썼다는 건 나에게 큰 동기부여가 된다.

매일 같이 선생님 말을 알아듣지 못하는 내가 부끄러웠다. 외국인 선생님이 말을 시킬까 두려운 하루하루를 2주 정도 보냈다. 그런 나 자신이 너무나 싫었다. 이런 두려움 속에 매일을 보낼 수는 없었다. 매일 부족한 나를 견뎌내는 것은 괴로웠다.

그럴 때면 불쑥불쑥 올라오는 내가 통제할 수 없는 요소들, '왜 우리 집은 형편이 어려웠지, 다른 친구들처럼 어학연수를 왜 보내 주질 않은 거야!' 무익한 원망들은 나의 의지에 브레이크를 걸 뿐이었다.

천재가 아닌 이상 언어는 단기간에 실력이 늘지 않는다. 매번 좌절을 경험해야 하는 것은 뻔한 사실이다. 그래서 택한 것이 바로 '1일 1개망신'이었다. 한마디로 올라오는 원망들에 대항하고, 사람들의 시선과 나 자신의 부끄러움에 대항하여 "그래서 뭐!"라고 날리는 나만의 진통제였다.

'하루에 한 번씩 개망신을 당하자. 1 day one humiliation'

두려움과 부끄러움은 타인으로 인해 느끼는 감정이었다. 그 감정에서 벗어나고 싶었다. 그러한 관점을 나에게로 돌렸다. 정말 해내기 쉬운 결심이었다. 매일 같이 버벅대던 난 너무나 쉽게 매일의 목표 '1일 1개망신'을 이룰 수 있다.

개망신이 나의 목표가 되자 나와의 약속을 지키기 위해 하루에 적어도 한 번은 어떤 말이라도 해야 했다. 사람들이 비웃든 선생님이 '뭐라는 거야'라는 눈빛을 보내면 그들의 그런 리액션이 고마웠다. 그 순간 나는 '오늘의 숙제를 해냈어'라는 나만의 성취감을 누릴 수 있었다.

타인이 어떻게 생각하든 그렇게 매일같이 나와의 약속을 지켜가며

다시, 시작하는 여성들

수업에 참여했다. 어느 순간부터 점점 그 숙제를 해내기가 힘들어졌다. 나의 영어 실력은 조금씩 늘어갔고 이런저런 이야기를 해도 비웃거나 선생님이 갸우뚱하지 않고 내 말을 이해하기 시작했다. 그럼 나는 더욱 초조해졌다. 나의 목표가 개망신인데 아무도 그런 반응을 보이지 않으면 나는 더 많은 말을 해야 했다. 어느 날은 '어떡하지 개망신당해야 하는데… 수업 시간이 10분밖에 안 남았네, 뭐라도 이야기하자.'라며 조급해진 난 어떤 말이라도 내뱉었다. 그렇게 한참이나 말해야 결국 모르는 말이 나오고 얼버무리게 되고 그렇게 나와의 약속을 지킬 수 있었다. 점점 실력은 늘고 개망신을 위해서는 점점 더 많이 말해야 하는 구조였다.

1년 과정의 수업 내내 나는 나와의 약속을 매일 지켰다. 아마도 영어를 잘 하자라고 결심했으면 매일 같이 좌절을 경험했을 것이다. 잘하기는 어려웠지만 잘못하기는 쉽다. 그래서 '잘 하자.'가 아니라 '잘 못 하자.'에 초점을 맞췄다. 그리고 나는 통역사가 되었다.

어쩌다 통역사

난 대학교를 졸업할 때까지 외국을 한 번도 가본 적이 없었다. 그래서 한 맺히듯, 외국에 실컷 갈 수 있는 그런 직업을 갖고 싶었다. 여러 가지 직업을 찾다 내가 정한 꿈은 해외여행 가이드였다. 꿈이 정해지자 나는 영어 통역 가이드 자격증을 따기 위해 정말 열심히 준비했다. 대구에 살았던 난 시험 전날 서울의 시험장 인근 여관에 머물고 다음 날 시험을 치렀다. 그리고 자격증을 땄다. 자격증만 따면, 나의 인생이 찬란하리라 순진한 상상을 했었다.

외국에 한 번도 가본 적 없는 나를 가이드로 채용해 주는 곳은 없었다. 해외에 한 번도 가본 적 없는 가이드를 따라 누가 감히 해외에 가보고 싶겠나! 현실적으로 한 번만 생각해봐도 알 것 같은데 나는 단 한 번도 꿈을 꾸며 현실적인 생각을 해본 적이 없었다. 심지어 졸업하니 IMF 경제 위기로 환율도 2,000원에 육박하니 여행사도 줄줄이 문을 닫았다. 취업은 안 되고, 결국 아르바이트를 시작했다.

영어를 잊지 않기 위해 통역 자원봉사를 하며 조금씩 경력을 쌓았다. 그렇게 몇 가지 경력이 쌓이니 몇 시간짜리 통역 아르바이트 일을 할 기회도 생겼다.

영어 통역 가이드 자격증을 가지고 대구라는 곳에서 간혹 들어 오는 짧은 통역 알바를 하며 통역의 감각을 조금씩 익히고 있었다. 그러다 구미 LG 전자에 6개월간 사내 통역사로 근무할 기회를 얻었다. 영국 지사 근무 엔지니어와 기술자들이 구미 공장에서 교육을 받을 동안 통역하는 일이었다. 나는 영국 교육생들과 같은 기숙사에 6개월간 머물며 함께 생활했다. 그들과 함께한 6개월의 시간은 나에게는 돈을 벌며 할 수 있었던 최고의 어학연수였다.

아직 초보 통역사인 나에게 엘지 전자에서 한 엔지니어링 통역은 어려웠다. 10명의 통역사가 있었고, 내가 가장 스펙이 딸리는 통역사였다. 미국 국적의 통역사, 이미 전문적으로 통역 일을 하는 통역사, 토익 만점자, 해외 유학파 등 모두 쟁쟁한 스펙을 가지고 있었다. 가장 경력이 부족한 나는 어려운 엔지니어링 통역을 해내려고 매일 밤 2시까지 통역 자료를 공부했다.

통역 중에 강사가 '추동력'이라는 단어를 쓰는데 영어로 단어를 몰랐다. 사실 한글의 추동력이라는 뜻도 정확하게 이해하질 못했다. 당시 경험이 많지 않았던 난 20명의 영국 교육생 앞에서 모르는 단어를 찾아볼 용기는 없었다. 내가 그 단어를 듣고 당황하자 강사님은 '관성'이랑 비슷하다고 했다. '관성'은 물체가 움직일 때 그 움직임을 계속하려는 성질이다. 그래서 '추동력'이라는 단어 대신에 그 뜻을 넣어서 통역했다. 즉 '추동력'이라는 단어가 나오면 (This is the property of objects that causes the object to keep its own movement) 이 긴 정의를 추동력이라는 단어 대신에 넣어서 통역한 것이다. 당시 뒤에 담당 과장님이 상황을 알아차리고 단어를 찾아서 나에게 알려준다. 다른 사람들이 눈치채지 못하게 작은 소리로 하지만 내가 알 수 있도록 최대한 큰 입 모양을 보여 주셨다.

Impetus! impetus!

나는 그 과장님께 알아들었다고 눈을 찔끔하면서 'OK!' 사인을 보내고 '추동력'이란 단어가 나오자 자신 있게 통역했다. 하지만 난 impetus를 Impotence로 알아들었다. Impotence는 '발기부전'이라는 뜻이었다. 당시 수업을 듣던 영국 교육생들은 이 단어를 듣고 박장대소를 하며 웃음을 멈추지 못했다. 결국, 교육생들이 진정하느라 수업을 중단해야 했다. 기계가 '발기부전'의 힘으로 움직이다니…

현재 나는 기술과 엔지니어링 전문 통역사다. 통역 첫해의 그 굴욕사에도 불구하고 나는 그쪽 분야에 전문성을 가진 통역사가 되었다. 지금도 내가 하는 통역의 80%가 전문 엔지니어와 기술력을 가진 전문 인력과 일한다. 초기 한국말조차 이해하기 어려운 이 분야는 통역 하고 싶지 않다고 생각했다. 하지만 그렇게 힘들어하며 공부했던 기술 분야가 통역에 있어 나를 차별화 해주는 가장 큰 무기가 되었다.

다시, 시작하는 여성들

국내파임에도 많은 해외파, 통역대학원을 졸업한 통역사들 사이에서 내가 당당히 살아남을 수 있었던 건 어려운 분야의 통역을 선택했기 때문이다. 영어 영재도 어차피 공부해야 한다. 그 분야의 통역이 너무 어려워 다시는 하고 싶지 않다고 생각했던 건 나뿐만이 아니었을 것이다. 결국, 내가 더 많이 공부하면 더 잘할 기회가 열려있음을 의미했고 출발선이 다르다고 생각한 해외파들과 내가 같은 출발선에 설 수 있는 분야였다.

중국어를 못해도 중국에서 영업 1위 달성!

한국에서 통역을 지원했던 한 싱가포르 업체 고객에게서 연락이 왔다. 혹시 말레이시아 지사에서 근무해 보지 않겠냐는 제안에 나는 OK를 해버렸다. 대구라는 곳에서 부모님과 떨어져 지내본 적 없는 내가, 말레이시아에 근무하러 간다면 아버지는 불같이 화를 내며 밥상을 엎을 거 같았다. 일단 나는 작은 부품 회사에서 일하고 있었고, 명절 휴일 동안 해외여행 한다고 하고 근무하게 될 회사와 숙소, 환경을 확인하러 말레이시아로 갔다. 한국으로 돌아와 바로 해외 취업을 결심하고 퇴사 준비를 했다.

부모님의 설득은 조금씩 충격을 줄이는 방법을 활용했다. 가장 먼저 "해외 싱가포르 기업에서 연락이 왔는데 나보고 일해보지 않겠냐고 하네!"로 시작해서 며칠에 한 번씩 밥 먹을 때마다 조금씩 강도를 더 해갔다.

"그 회사가 싱가포르에도, 태국에도 중국에도 지사가 있는 괜찮은 회사라네."
"내가 가봤더니 생각보다 좋더라."
"지금 있는 회사를 다음 달까지만 하고 관둬야 한다."
"그 회사에서 비행기 표를 끊으라고 돈을 부쳐 주었다."

등 한 걸음씩 진보하는 방식으로 아버지의 충격 근육을 조금씩 키웠다. 부모님이 끝까지 반대하면 나는 짐 싸서 야반도주할 계획이었고, 그렇게 갑자기 사라져도 부모님은 '결국 일하러 갔구나.' 알고 있을 거니까, 마지막까지 설득이 안 되면 나는 짐 싸서 밤에 몰래 집을 나갈 생각이었다. 결국, 한 달 반 만에 아버지는 해외 취업을 허락했다.

2년 계약으로 말레이시아에 근무하게 되면 친구들을 만나기 힘들 거라는 생각에 해외로 나가기 전 한 달 동안 모든 친구를 만나 송별회를 가졌다.

그리고 시작된 말레이시아에서의 직장생활,

1년 정도 근무 후 갑자기 동남아 경기가 나빠졌다. 경기는 내가 근무하던 설비 업체에 큰 타격이었다. 경기가 나빠지자 내가 할 수 있는 일이 갑자기 사라져 버렸다.

1년 만에 나는 해고의 위기에 놓인다. 한국으로 가면 친구들 보기 민망하니 '1년간 잠수를 탈까.', '해고 전 당당히 퇴사를 할까.' 고민했다. 어렵게 부모님도 설득하고, 송별회를 한 달이나 해놓고 1년 만에 한국으로 돌아간다는 건 너무 부끄럽고, 자존심 상하는 일이었다.

결국, 내가 내린 결정은 직무 변경이었다. 내가 하던 업무, 사업개발(business developer)에서 중국 지역 영업(Sales)으로 지원했다.

중국어 한마디 못하는 내가 중국 지사에 설비 영업으로 지원하니 사장님은 '내가 잘못 들었나?' 하는 표정이셨다. 내가 중국 지사 근무를 지원했던 이유는 당시 중국 지사는 경기와 무관하게 아주 급성장 중이었기 때문이다. 당시 많은 글로벌 기업들이 중국으로 생산기지를 옮기고 있었다. 화교계 기업이 많은 싱가포르, 말레이시아 기업은 다른 글로벌 기업보다 더욱 발 빠르게 중국으로 생산기지를 옮기고 있었다. 이에 대응하기 위해 우리 회사 중국 지사도 자동화 설비 영업과 판매로 빠르게 성장했다.

결국, 싱가포르 사장님은 본인이 데려온 직원이 유휴인력이 된 것이 안타까웠는지 중국 지사 3개월 파견으로 일단 보내 주었다. 그렇게 3개월 출장으로 가게 된 중국에서 나는 2년 반을 더 근무하고 퇴사했다.

퇴사 당시 난 중국 지사 매출액의 반을 담당하는 영업 1위 직원이었다. 당시 중국 지사에 근무하는 영업사원은 중국인, 말레이시아인, 싱가포르인 그리고 나, 한국인이 있었다. 나만 빼고 모두 화교계로 중국어가 가능했다. 하지만 유일하게 완전 외국인이며 중국어를 못하는 나로서 수많은 제약 속에 생활해야 했다. 직급이 높지 않은 나에게 통역을 해주는 이도 없었다. 그곳에 영어가 가능한 말레이시아인과 싱가포르 주재원은 모두 높은 직급으로 내가 통역을 요구할 만큼 한가하지 않았다.

당시 중국어 공부를 할 수 있는 방법도 없었다. 한국에서 친구가 보내 준 중국어책 한 권은 고작, 인사말, 나의 소개 정도였지 내가 일을 하는 데는 그다지 도움이 되지 못했다. 내가 찾은 방법은 회사에 있는 설비, 부품 매뉴얼이었다. 영문 번역이 되어있는 매뉴얼이나 설명서를 찾아 중국어 공부를 시작했다. 일상에서는 동료들이 하는 말을 그대로 외워 슈퍼에 가거나 식당에서 그나마 밥이라도 먹었다. 성조도 몰랐고, 그냥 그들이 말하는 데로 따라 했을 뿐이었다.

중국 지사에서 나는 타이거라는 별명으로 불렸다. 성질 급하고 까칠한 한국인! 지금 생각하면 문화를 제대로 이해하지 못했던 독불장군이었다. 내가 영업에 실적을 내기 시작하자 싱가포르 사장님은 중국 현지 엔지니어 중 가장 성격 좋고, 참을성이 많으며, 나의 어설픈 중국어를 눈치 빠르게 이해하고 기술 역량이 뛰어난 과장급 엔지니어를 붙여 주었다. 그렇게 중국에서 나는 영업 매출 1위의 영업직원이 되었고 그렇게 박수 칠 때 그 회사를 떠났다.

현지어도 안되는 내가 어떻게 매출 1위 영업사원이 되었을까? 2000년도 초 한국 기업을 포함해 많은 대기업이 중국으로 제조업을 이전하고 있었다. 당시 주요 설비는 한국이나 자국에서 가져오더라도 부대설비나 자동화 설비 현지화의 욕구를 가진 고객들이 많았다. 그뿐만 아니라 나는 누구도 가지지 않은 장점을 가졌었다. 그건 내가 싱가포르 회사 소속으로 한국인이 한 명도 없는 회사에서 중국말을 못하면서 중국에 근무하는 한국인 20대 청년이라는 점이었다. 누가 봐도 "이 인간 뭐야?"라는 의문이 드는 존재다.

어떤 고객이든 어렵게 고객과 연락이 닿고 나면 중국말이 어설픈 난 영어나 한국어로 대화를 해야 했다. "넌 누구냐?"는 질문에 나를 소개하면 고객들은 시간을 내어 주었고, 회사 소개를 하러 가면 현지인들은 중국어를 못하는 나를 본사에서 온 직원으로 착각해서 친절히 대해주었다. 그렇게 나는 중국 엔지니어와 함께 중국 내 한국, 일본, 유럽업체의 영업을 다녔다. 나의 실력보다는 중국의 경기와 너도 나도 현지 설비 투자를 하던 잠재 고객이 많았다는 환경적 요소가 나의 큰 실적의 밑거름이었다. 하지만 가장 중요한 것은 내가 그곳에 있었다는 것이다. 그런 기회와 그곳에 있었던 나! 그런 상황이 중국어를 못해도 나를 최고의 영업 매출 직원으로 만들어 준 것이다.

내가 가진 커다란 장애물은 엄청나게 많았다. 중국어, 엔지니어링에 대한 배경 지식, 친구 하나 없는 오지에서 유일한 외국인으로서의 생활! 과연 이러한 장애들은 나에게 진정 걸림돌이었을까? 내가 가진 이 각각의 한계들을 마주하는 순간 나의 선택은 두 가지였다.

그냥 그만두고 한국으로 가던가 아무거나 해보자! 좋은 대안이 없는 상황은 고민 없이 어떤 선택을 하게 하는 절박함을 주는 가장 큰 에너지였다.

거나하게 얻어먹은 환송회도, 부모님의 반대에도 큰소리치며 날아온 해외 취업도, 모두 내가 결정한 선택이었다. 부끄럽게 돌아가고 싶지 않은 내가 마주한 절박함은 나에게 해보지 않는 도전을 할 수 있는 용기를 주었다.

가끔은 우리에게 주어진 많은 선택권은 더 나은 무언가를 위한 것이 아닌 내가 선택하지 않을 수만 가지 핑계를 만들게 한다. 선택의 여지가 없다는 건 도전이라는 행동을 이끌 기회의 다른 모습이 아닐까?

결혼과 출산 - 무엇을 상상하든 그 이상

3년 반의 해외 직장생활을 마치고 한국에 오기로 결정한 건, 나에게 우울증의 증상이 나타나서였다. 매일 같이 고객의 전화와 업무는 넘쳐 났다. 3년 반 동안 혼자 싱가포르 회사에서의 유일한 외국인으로서 근무한다는 것, 중국어가 안되면서 중국에서의 2년 반 생활, 매일 같이 판매한 설비에 대한 고객의 불만 콜, 매일 매일이 도전의 연속이었다. 3년 반 동안의 치열하게 살아내는 삶에 난 지쳐가고 있었다. 현지 친구와 동료들이 있었지만, 아무리 대화를 해도 내 맘의 스트레스는 풀리지 않았다. 아침에 일어나기가 너무 힘들었고, 일을 마치고 나면 무기력증에 시달렸다.

결국, 퇴사를 결심하고 한국으로 돌아와 결혼하고 계약직으로 삼성전자 사내 통역사로 일을 시작했다. '2년의 계약이 끝날 때쯤 임신을 해야지.'라고 생각만 했지 아이를 갖는다는 게 그렇게 어려울 줄 몰랐다. 아이를 갖기 위해 일을 그만두고 병원에 다니기 시작했고, 병원에 다닌 지 2년 만에 의학의 힘을 빌어 몇 번의 실패 후 첫째 아이를 가졌다.

소중한 아이, 귀한 아이, 비싼 아이였지만 육아가 행복하지는 않았다. 아이를 가지는 순간, 낳는 순간, 바라보는 순간 모두 행복하고 신비로운 순간이지만 그 순간이 24시간 지속되지는 않았다. 육아라는 일은 도전하고 실패해도 노력하면 조금씩 나아지는 보통의 일과는 완전히 달랐다.

'체력의 한계가 이런 거구나! 이러다 힘들어 죽는 거 아니야?'라는 생각이 들 때쯤 아이는 잠들었다. 첫째 아이는 낮잠을 자지 않는 아이였다. 예민하여 재웠다 싶어 일어나려 하면 이불 소리에도 잠이 깨는 아이! 해가 뜨는 시간에 맞춰 일어나는 아이였다.

너무 힘들어 시어머니에게 '내가 이러다 힘들어 죽을지도 모르겠다!'라는 생각이 들 때쯤 잠이 든다고 말씀드렸더니 어머니는 "그래서 애 키우다 죽은 엄마가 없잖아."라고 하셨다. 죽을 때까지는 아니어도 죽기 일보 직전까지 힘든 엄마들은 결국 살아있다는 거다.

삶의 우선순위

첫째 아이 6개월경 어느 날. 마트에서 장을 보고 주차장으로 왔다. 6개월 아이는 카시트에 앉혀야 한다. 안전벨트도 해줘야 한다. 한 손에는 핸드폰을 들고 있고 다른 한 손과 팔로 아이를 안고 있다. 아이를 앉히고 안전벨트를 하려면 두 손이 필요하다. 핸드폰을 잠시 차 지붕에 얹어 두고 아이의 안전벨트를 해준다. 그렇게 집으로 가는 길이었다.

트럭이 자꾸 따라온다. 빵빵거린다. 언제나 그랬듯, 나의 운전 실력은 그렇게 누군가의 화를 부른다. 내가 운전하며 또 뭘 잘못했는지 정확하게 모르겠지만 분명 나의 어설픈 운전 실력이 그를 화나게 했을 것이다. 빵빵거리는 트럭이 뒤에서 따라오고 있었지만, 옆으로 다가와 나에게 손가락질할까 봐 무섭다. 음악을 틀었다. 빵빵거림을 듣고 싶지 않았다. 그냥 화가 빨리 풀리기를 바랄 뿐이다. 빨간 신호에 걸려 결국 서게 되고 뒤에 트럭도 멈췄다. 트럭 아저씨의 빵빵거림은 멈추지 않는다. 그러다 아저씨가 소리를 지르기 시작한다. 좀 많이 무섭기 시작한다. 나의 음악소리를 묻어 버릴 만큼 아저씨는 심하게 소리치고 있었다.

"아줌마 차 위에 좀 보라고, 핸드폰!"
그제야 갑자기 생각났다. 내가 전화기를 차 위에 올려 뒀구나. 그래서 계속해서 트럭 아저씨는 나를 따라오며 빵빵해주었구나, 그리고 소리까지 질렀구나.

나는 계속 그의 도움을 무시했다. 너무 부끄럽고 죄송했다. 그럼에도 무서웠다. 차를 나가면 아저씨와 눈이 마주칠 것 같았다. 그냥 창문을 내리고 손을 내밀어서 지붕을 더듬었다. 아저씨가 다시 소리친다. "거기 말고 뒤에, 아줌마!" 결국, 차에서 내려 아저씨에게 감사 인사하고 차 지붕을 살펴보았다. 달랑달랑 차 위에서 떨어지기 직전! 아저씨가 갈 길을 마다하고 그 핸드폰을 구해주기 위해 나를 따라온 것이다.

다시, 시작하는 여성들

출산을 하고 나면 엄마들은 모든 정신이 오롯이 아이에게 있다. 그 작은 생명체가 어떻게 될까 봐 초보 엄마들은 너무나 불안하다. 모든 생활과 정신의 우선순위는 아이가 된다. 아이의 작은 울음과 표정에 초 민감하게 반응하고 나머지는 기능들은 제대로 작동이 되지 않는다.

첫째 아이는 임신도 출산도 힘들어 첫째 낳고 다시는 애를 낳지 않겠다고 결심했지만, 그 고통을 잊을 때 즈음 3년 만에 둘째를 낳았다. 둘째 출산으로 병원에 있는 동안 첫째는 심한 독감에 걸렸다. 열이 40도까지 올랐다. 병원에 함께 지내며 약을 먹이고 챙기느라 제대로 누워 있지도 못했다. 퇴원하는 날 둘째 아이 퇴원을 위해 아이의 옷을 갈아 입히도록 배냇저고리와 싸개를 신생아실에 전해 주었다. 같은 건물 소아과병원에 들러 첫째 아이 감기약을 처방받고 퇴원 수속을 했다. 열이 나는 첫째 아이에게 약을 먹이고, 진정시키고 병원을 나섰다. 전화가 왔다. 병원이다.

"어머니! 아기 데려가셔야죠."

맞다. 나에겐 아이가 하나 더 있었다. 아픈 첫째 아이 챙기느라 아이 하나를 더 낳은 걸 잠시 잊어버렸다.

첫째 아이 세 살 경, 둘째를 임신한 나는 아이와 함께 예방접종을 하러 보건소로 가고 있었다. 50대로 보이는 두 분의 육아 선배님은 나의 뒤에 걸어오면서 나를 보고 말씀하신다.

"애들은 저 때가 젤 예뻐, 그렇지?"
"맞아, 이젠 컸다고 엄마 말도 안 듣고 지들 맘대로 하고!, 저 때는 애교도 부리고 예쁘잖아!"
그리고는 한마디 덧붙인다.
"근데 그래도 저 때로 돌아가기는 싫어!"
"맞아 맞아…. 힘들었어."

육아 선배님들이 대놓고 하는 뒷담화는 나에게 위로가 되었다. 이 시기 아이가 제일 이쁘다는 말을 듣고 '난 육아에 임신에 힘들어 이 아이가 얼마나 예쁜지 모르고 살고 있구나. 아이가 얼른 크기만 바라고 살고 있었는데, 이때가 제일 예쁘구나! 엄마가 처음이라 아이가 이쁜 시기를 힘들다는 생각에 알아차리지 못했다.

선배님들의 두 번째 멘트 '다시는 그 시절로 돌아가고 싶지 않다' 라는 말은 나에게 상당한 위로가 되었다. '나만 이렇게 힘든 게 아니구나, 그들도 그 시절 나만큼 힘들었구나, 나만 별나고 모자라 그런 줄 알았는데 아니구나. 나이라는 걸 더 먹은 그 시절에도 돌아가고 싶지 않다는 건, 젊음으로도 감당하기 힘들었던 게 바로 육아구나!'

육아 선배님들의 뒷담화는 나만 힘들다고 투덜대는 게 아니라 정말 힘든 게 맞다고 인정받는 기분이었다. 당시에 내가 느끼는 어려운 상황을 온전히 공감받는 기분이었다.

이제는 육아 선배님이 된 지금, 나 또한 그 시절로 다시는 돌아가고 싶지 않다. 아이는 누구와도 바꿀 수 없이 소중하고, 나를 버려서라도 지키고 싶은 존재지만 육아를 겪어본 나로서는 다시 하라고 한다면 절대 선택하지 않을 경험이다. 어떠한 선택의 여지도 없이 오롯이 해내야 하는 육아는 내게 너무 힘들었고 항상 아이와 함께 있지만 참으로 외로웠다.

아이와 함께 자라는 엄마라도
우린 결국 전문가가 된다

누군가의 일상이 내겐 특별한 날

2010년 11월 29일은 두 아이를 낳고 키우느라 5년의 경력 단절을 겪고, 다시 일하러 나간 첫날이었다. 4시간의 통역, 오래된 정장을 다시 꺼내 입었다. 나의 왼팔 팔뚝이 터질 것만 같았지만 겨우 끼워 넣었다. 5년간 두 아이를 키우며 아이를 하루에도 수십 번씩 들었다 놓았다 했던 난 왼팔만 마동석이 되었다. 슬리퍼나 운동화를 신다가 정말 오래간만에 구두를 신었다. 내 발이 이렇게나 두꺼웠나, 부은 건가?, 그렇게 구두를 신고 마치 당당한 커리어우먼처럼 걸어 보았

다시, 시작하는 여성들

다. 버스를 탔다. 뭔가 신경 쓸 일 없이 창밖을 실컷 구경할 수 있다니, 갑자기 울컥한다. 졸리면 잠시 잠을 자도 된다. 이런 게 삶의 여유인가!

버스를 내려 미팅 장소로 가는 길. 사람들은 참 바빠 보인다. 사람들이 바람처럼 내 옆을 지나간다. 내가 이렇게나 걸음걸이가 느렸나! 항상 느릿느릿, 아이의 걸음에 맞추어 걸었던 난 이젠 빨리 걷는 법을 잊어버린 듯하다.

친정엄마에게 아이를 맡겨 놓고 시작하기 전 한 시간이나 일찍 왔다. 아이 재워 놓고 졸린 걸 참아가며 밤마다 공부했던 전문 용어와 단어들을 다시 한번 살펴본다. 다른 통역사들도 보인다. 그들은 이 일을 많이 해 온 듯 멋져 보인다. 나도 다시 저렇게 될 수 있을까?

내가 통역할 외국인을 만났다. 나에게 인사를 건네고 나를 보며 회사에 대해 간략하게 설명해준다. 내 눈을 보며 이야기하는 사람들, 이게 얼마 만인가? 사람들이 나의 눈을 쳐다보며 저렇게 진지하고 중요한 사업 이야기를 해 주다니, 다시 한번 울컥한다. 마치 내가 중요한 사람이 된 기분이다. 하지만 그런 감정에 집중력이 흐려지면 사람들의 메시지를 놓친다. 정신 똑바로 차리자.

회의가 시작되었다. 지난주부터 공부한 게 효과가 있었는지, 내가 감을 잃지 않은 건지 통역이 가능했다. '그래 이렇게 일을 다시 시작하는 거야!' 통역이 가능한 나를 보며 스스로 안도하고, 기뻐했다.

회의를 하다 나의 고객이 생수를 마시고 뚜껑을 열어놓은 채 계속 이야기를 이어나간다. 통역을 하려면 집중해야 하는데 생수를 쏟을까 불안해 집중할 수가 없다. 뚜껑이 열린 생수나, 모서리에 있는 컵의 물, 5년간 아이와 함께하며 그런 상황에서는 100퍼센트 아이들은 물을 쏟는다. 나는 너무 불안하다. 대화에 집중할 수 없다. 저 생수 뚜껑을 닫아야만 한다. 통역을 이어나가며 나는 자연스럽게 물과 컵을 정리하는 척하면 뚜껑을 닫았다. 고객이 약간 이상한 듯 쳐다보긴 했지만 그래도 난 뚜껑을 닫아야만 했다. 그래야 대화에 집중할 수 있었다.

그렇게 오전 시간을 사고 없이 무사히 넘기고 점심시간이 되었다. 테이블에 도시락이 배달되고 내 밥도 내 앞에 놓여 있었다. 가지런히 놓여 있는 비빔밥과 반찬들을 보자 갑자기 눈물이 났다. 내가 이 밥을 오롯이 나 혼자, 1시간이라는 시간 동안 누릴 수 있다니…. 내 배 속을 채우기 위해 빨리 먹지 않아도 되고, 먹고 싶은 반찬을 골라 먹을 수 있고, 어느 걸 먼저 먹을까 고민해도 되고, 영양가 좋게 이쁘게 차려진 이 음식들을 차근차근 먹으라고 한 시간이나 시간을 주다니… 눈물이 자꾸만 고여서 고개를 들 수가 없다.

그렇게 머리를 박고 감동의 비빔밥을 30분 동안 누렸다. 남은 30분은 식은 커피를 원샷 하는 게 아닌 따뜻한 커피를 조금씩 마셔보는 호사도 누리고 싶었다. 다른 통역사들이 보인다. 다른 통역사들이 어떻게 일을 하며 살아가는지 궁금하다. 일하는 사람들과 친구도 만들고 싶었다. 커피를 같이 마실까 싶어 미소로 말을 걸어봤다. 약간 귀찮은 듯 대답한다. 저 사람이 인간성이 더럽겠지… 다른 사람에게 말을 걸어 보았다. 반응이 별 차이가 없다. 기분이 더 나빠졌다. 5년 사이에 사회생활을 하는 사람들이 변했나? 아니면 내가 친구 사귀는 법을 잃어버렸나. 사람들이 왜 이렇게 무뚝뚝해진 걸까?

화장실에 갔다. 볼일을 보고 손을 씻고 100년 만에 한 화장을 고쳤다. 거울에 비친 나, 그리고 그 옆에 다른 통역사의 모습이 비교되었다. 그제야 알 것 같았다. 왜 사람들이 나를 그렇게 대했는지… 오래된 유행 지난 정장, 그 속에 겨우 끼워 넣은 나의 팔뚝, 촌스런 머리, 10년 된 구두, 낡은 가방, 100년 만에 시도한 촌스러운 시골 아줌마 같은 화장.

이런 내가 말을 건다면 누가 답하고 싶을까, 누가 친구가 되고 싶을까, 동정하지 않는다면, 안타까움이 들지 않는다면 누가 굳이 나와 함께 하려 할까? 난 이러지 않았다고 이야기해본들 무슨 소용인가, 지금 난 이런데… 그렇게 꿀꿀한 기분으로 혼자 커피를 마시는데 착해 보이는 친구가 말을 걸어 주었다. 정규직 일을 관두고 프리랜서를 막 시작했다고 했다. 그럼 나와 비슷한 건가? 사회 친구가 생긴 거 같아 좋았다. 하지만 집에서 아이들과 대화만 하던 난 사람들과 어떤 이야기를 나눠야 할지 잘 모르겠다. 대화하면 할수록 뭔가 사회 부적응자 같은 느낌이 든다. 뭔가 상대가 내 이야기에 흥미가 별로 없는 거 같은 표정이 느껴진다. 내가 이렇게 두서없이 말하는 사람이었던가, 분위기 파악을 못 하는 사람이었던가, 성인과 대화할 수 있는 소통 능력을 상실한 거 같다.

　오후의 통역이 시작되었다. very high라는 단어를 "엄~청 높다."라고 해석했다. 아! "상당히 높다."라고 하는 게 나았는데, 아이들과 대화하면 "엄~청"이라는 말이 나의 일상 강조의 표현이 되어버렸다. '영향'이라는 단어가 생각나질 않았다. 분명 아주 간단한 단어인데 머릿속에 맴돌기만 할 뿐 내 입으로 나오질 않는다. 내 머릿속에서 Information이라는 단어가 influence라는 단어를 입까지 오지 못하게 막고 있는 듯했다. 어려운 용어는 다 외웠는데 기본 단어를 망각하고 있었다. 난 통역으로 왔는데 기본 영어도 안 되는 사람이 되어있었다. 역시 난 그냥 집에 있어야 했나! 고객도 나의 통역에 만족하지 못하는 표정이다. 다시 외국인을 위해 통역한다는 기쁨에 집에서 전통 문양 열쇠고리 선물을 가지고 왔다. 새로 찾아온 기회에 고마워 준비한 선물을 외국인에게 드렸다. 마치 내가 제대로 잘 해내지 못한 것을 선물로 때우는 거 같이 느껴져서 선물을 주는 손이 부끄러웠다.

한때는 나의 일상이었는데 5년 만에 나온 세상은 마치 내가 있을 곳이 아닌 듯 느껴진다. 자신감이 사라진 난 사람들의 눈을 쳐다보기 힘들다. 사람들도 '너는 이곳에 왜 왔니, 그냥 니가 있던 곳으로 가.'라고 말하는 눈빛이다. 이 사회가 다시 필요로 하는 내가 되고 싶었다. 그들이 누리는 일상을 나도 누리고 싶었다. 난 더 나아질 수 있을까!! 난 과연 다시 그렇게 될 수 있을까?

두 아이 육아로 5년의 경력 단절 후, 다시 사회로 나온 첫날은 그렇게 감동, 부끄러움, 씁쓸함으로 사회 부적응자가 된 기분으로 하루를 마쳤다.

고객에게 잘렸지만, 그럼에도 나는 영웅

경력 단절 이후 다시 사회에 나온다는 것은 늙은 사회 초년병이 되는 것이다. 다시 시작하는 마음으로 각오를 다져 보지만 나는 5년 전 내가 아니었다. 세상은 실력이 부족하다는 것을 아주 적나라하게 알려준다. 어느 날은 일하고 있는데 고객 보자고 한다.

"김지혜 씨 다른 통역사 불러 놨으니 집에 가셔도 돼요."

반나절 일하고 나는 잘렸다.

3일 동안 하기로 했던 일이었는데 고객님은 부족한 나를 견딜 수 없었는지 다른 통역사를 부르셨다. 집에 오는 내내 지나가는 누구와도 눈을 맞출 수 없었다.

집으로 오는 버스에서도, 버스에서 내려 집으로 가는 길에서도 난 세상에서 버림받은 쓸모없는 인간 같았다. 3일간 일한다고 멀리 지방에서 아이를 돌봐 주러 친정엄마도 오셨다. 엄마 용돈이라도 챙겨드리고 싶었는데, 다시 일한다고 남편은 정장 한 벌도 사줬는데 정말 부끄럽다. 5년간 차곡차곡 쌓아둔 일에 대한 열정과 재취업의 희망은 그렇게 고이고이 묻어뒀어야 했다. 이 사회는 열심히 하는 사람보다 잘하는 사람을 원했다.

집에 도착하자 친정엄마는 이른 저녁을 차려주셨다.

'난 밥을 먹을 자격은 있을까?'

나의 실력은 정직하게 세월과 함께 사라졌는데 그런 날에도 나의 식욕은 염치가 없다. 입에 밥이 잘도 들어가는 내가 참으로 싫은 그 순간 5살 아이가 나에게 달려온다. 누구와도 이야기하고 싶지 않은

다시, 시작하는 여성들

순간이다. 아이를 보고 억지로 웃어 줄 힘도 없다. 날 좀 내버려 두면 참 좋겠건만 아이는 여전히 '엄마, 엄마' 불러 댄다.

나의 썩은 표정을 아이에게 보여 주고 싶지 않아 더 머리를 박고 밥을 먹는다. 5살 아이가 다가와 내 등에 그 작은 손을 얹고 한마디 한다.

"엄마 힘들어?"
아이의 작은 손! 따뜻한 작은 손!, 갑자기 눈물이 났다. 아이가 놀랄까 봐 꾹꾹 눌러 참고 나는 그냥 밥을 꾸역꾸역 먹었다. 일을 망치고 고객에게 버림받은 패배감으로 가득했던 난 잠시 잊고 있었다.

세상에서 버림받은 기분이었던 나에게 아이가 따스한 손으로 말한다.
'엄마는 여전히 내가 종일 기다린 소중한 사람이야, 난 엄마를 종일 기다렸다고!'

나는 아이를 낳고 엄마가 되었다. 내가 엄마로 부족해도, 어설퍼도, 실수해도 변함없이 여전히, 언제까지나 난 내 아이의 엄마다. 사람들이 나를 어떻게 바라보던 내가 안아 주기만 하면 울던 아이의 울음을 멈추게 할 수 있는 능력을 가진 난 엄마다. 아이들 때문에 난 5년의 경력을 잃어버렸다고 생각했다. 그런데 엄마라는 이름으로 어떠한 상황에서도 난 아이의 절대적 믿음과 의지, 신뢰를 받고 있었다. 무한한 책임만 존재한다고 생각한 육아였는데, 어느새 나는 아이의 절대적 신뢰와 믿음을 받는 엄마라는 커다란 존재였다. 아이의 작은 손과 한마디에 잃어버린 나의 자존감을 다시 채운다.

경단녀가 극복할 것들

아이의 절대적 신뢰와 믿음을 받는 엄마라는 커다란 존재였다. 아이의 작은 손과 한마디에 잃어버린 나의 자존감을 다시 채운다.

경력 단절 이후 다시 사회에 나오기 위해서는 극복해야 하는 세 종류의 사람들이 있다.

첫 번째, "너는 부족해"라고 하는 고용주, 실력이 부족하면 짜르고, 저주의 눈빛을 보내기도 한다.

두 번째는 나를 아끼는 사람들. 힘든데 뭣 하러 일하러 가나라고 하며 말리는 부모님, 일하러 나갈 때면 울고불고 가지 말라고 하는 아이들.

마지막으로 세 번째 가장 나를 힘들게 하는 사람은 바로 이 힘든 여정에서 자꾸만 포기하고 싶어지는 나 자신이다. 육아로 경력 단절인 경우 이 세 부류의 인간들을 극복하지 않으면 다시 일하기가 힘들다.

그 세 부류의 사람들을 극복하고 일을 시작한다고 해도, 마주하는 부족한 세 가지를 또 극복해야 한다.

첫 번째, 실력. 부족한 나를 원하는 곳은 아무 데로도 없다. 부족한 실력을 채우기 위해서는 아이를 재우고 나면 잠을 이겨가며 새벽까지 공부해야 했다.

그럼 두 번째 잠이 부족하다. 일하지 않아도 육아는 언제나 잠이 부족한데, 일하게 되면서 그동안 잃어버린 실력을 따라잡느라 잠을 더 줄여야 한다. 아이가 놀자고 하면 누워 있고 싶어 병원 놀이로 환자 역할을 했다. 이동에는 언제나 지하철보다는 버스를 탔다. 버스도 일반 버스보다 광역버스나 좌석버스가 더 숙면을 취하기 좋았다.

세 번째 부족한 것은 바로 시간이었다. 시간을 만들기 위해 필요 없는 관계를 정리했다. 정말 필요했을 것 같았던 관계도, 에너지와 시간이 딸리면 자연스럽게 정리된다. 그럼에도 사는 데 아무런 지장이 없었다. 하지만 소중한 사람과의 관계는 중요하다. 그런 관계는 비타민 법을 적용했다. 비타민은 결핍되면 문제가 되지만 넘쳐 나면 그냥 낭비다. 아이들에게 관심과 사랑은 최소 요구량으로 주고 나머지 시간은 나를 위해 쓴다. 사랑 결핍증은 아이가 아프거나 문제를 일으키지만, 최소 한계치까지만 관심과 케어를 하면 아이들도 알아서 하는 법을 터득하게 된다. 정말 소중한 관계라면 그리고 상대 또한 나를 그렇게 여긴다면 언제 건 연락해도 환하게 나를 반겨줄 이로 남아 있다.

이제 다시 사회로 돌아온 지 10년이 훌쩍 넘었다. 어떡해서든 내가 하던 그 일로 돌아가려고 했을 뿐인데 경력 단절 5년은 나에게 많은 것을 가르쳐 주었다.

어느 날은 미용실에서 통역한 적이 있었다. 통역이 없는 시간에는 바빠 보이시는 원장님을 도와 드렸더니 원장님이 깜짝 놀라신다.
"정말로 손이 빠르네요."
당연하다 육아는 그보다 더 긴박하다. 집에서 어느 날 큰놈이 똥 싸고 "엄마 똥 딱아 줘." 하는데 둘째는 기저귀에 똥 싸서 갈아 달라고 울고불고 난리다. 그 순간 나도 똥이 마렵다. 이런 절박한 순간의 연속이 육아다.

옹알이도 알아차려야 애가 울지 않는다. 고객이 좀 두서없이 말해도 비언어적 행동이나 표정으로 빠르게 이해할 수 있게 되었다. 아이를 키우고 나면 누군가는 케어하는 것이 몸에 밴다. 나도 모르게 누군가 도움이 필요한 상황이면 몸이 먼저 움직인다. 내 이력서에 쓸 수 없었던 경력 단절 5년은 인생에 비료처럼 나를 더 크게 성장시켜주는 영양분이 되고 있다.

저도 제 이야기가 하고 싶었어요

다시 일을 시작하며 영어 통역을 계속해왔기 때문에 대중 앞에 서는 것이 내게 낯선 일은 아니다. 교육 통역이나 세미나 통역이 주를 이루는 나의 업무는 수십 명 앞에서 강의를 통역하는 데 익숙하다. 그래서 난 사람들 앞에서 이야기를 좀 하는 사람이라고 생각해 왔다. 어느 날 아이의 어린이집 행사가 있었다. 몇 명의 엄마들 앞에서 간단한 소감을 나누는 시간이었다. 그들 앞에 나가는 순간 가슴에는 천둥이 치고 내 입에서 나오는 게 말인지 발인지 모를 말들을 쏟아내고 자리로 돌아왔다.

이해할 수 없었다. 난 대중 앞에서 이야기 좀 하는 사람 아니었나? 왜 이러지? 내가 통역을 하면서 대중 앞에 서는 경우와 아닌 경우의 차이는 무엇일까? 많은 사람 앞에서 이야기한다는 것은 동일하다. 하지만 이 두 가지가 완전히 다르다. 통역은 항상 다른 사람의 메시지만 전달한다. 내 의견을 넣지 않는다. 이야기의 질에 대해서도 신경쓸 필요가 없다. 교육 통역을 한다고 하면 그 교육이 재미있건 없건 상관없이 강사가 하는 말을 정확하게 전달하는 것이 나의 역할이다.

기승전결, 원인 결과, 전체의 그림을 그리려 머릿속에 생각하는 순간, 들어야 하는 내용은 훅 날아가 버린다. 타인의 메시지를 오랫동안 전달하다 결국 난 내 이야기를 나누는 것이 낯설어지기 시작했다.

어느 순간 나도 내 이야기가 하고 싶어졌다. 그것도 남들이 듣고 싶게 잘하고 싶었다. 이런저런 대중 연설을 가르쳐 주는 기관을 찾아보았다. 그러다 알게 된 모임이 토스트마스터즈* (Toastmasters)였다.

토스트마스터즈*(TOASTMASTERS)는 회원들의 스피치와 리더십을 연습하고 개발할 수 있도록 운영되고 있는 국제 비영리 교육단체

검색해보니 집과 가까운 곳에 일요일 오전 모임이 있었다. 내가 나의 이야기를 대중 앞에서 잘하고 싶다는 바람을 그 클럽 모임을 통해서 꾸준히 연습할 수 있었다. 매주 모임을 통해서 꾸준히 나의 대중 연설을 연습하면서 통역사가 가진 몇 가지 나의 문제점을 발견했다.

첫 번째는 나의 스피치는 항상 너무 빠르다. 보통 통역을 하게 되면 고객들은 시간을 할당할 때 1.5배 정도만 고려한다. 즉 1시간짜리 강의면 30분 정도로 통역을 두는 경우가 많다. 통역 때문에 시간이 더 늘어진다거나 하는 것을 원하지 않는다. 그래서 내가 못 알아들어서 "다시 말씀해주시겠어요?"라고 한다는 건 이미 통역을 잘 못한다는 이미지로 낙인되기 쉽다. 고객의 이야기를 마치자마자 바로 통역을 시작해 최대한 빨리 전달해주기를 원한다.

두 번째, 나는 침묵을 견디지 못했다. 통역을 열심히 할 때는 아무도 신경을 쓰지 않는다. 하지만 통역이 중간에 멈춘다면 그건 사고다. 나를 쳐다보지 않던 관중도 통역을 멈추고 침묵이 흐르는 순간 일제히 나를 쳐다본다. '통역 안 하고 뭐 하세요?'라는 눈빛으로 나를 쳐다본다.

나의 또 다른 문제점은 눈 맞춤이었다. 통역은 주인공이 아니다. 사람들이 내가 통역할 때 나를 쳐다본다면 발표자에게 미안함을 느낀다. 통역할 때 관중이 나를 쳐다본다면 발표자나 강사에게 집중하도록 최대한 눈을 피한다.

통역사라는 직업은 대중 연설에 있어 몇 가지 커다란 개선 사항들을 만들어주었다. 하지만 난 여전히 내 이야기가 하고 싶었다. 그렇게 4년간 토스트마스터즈에서 꾸준히 대중 연설(public speaking)을 연습하고 '골든 마이크'라는 일반인 연사 발굴 대회에 도전했다. 어떤 대회인지 정확히 몰랐지만 나를 시험하고 싶었다. 1차 예선에서 "꼰대 같아요."라는 평가를 들었지만, 그 피드백을 바탕으로 지속적으로 개선하여 2차 심사에도 통과하여 본선 톱10 안에 들게 되었다.

콘테스트 날 대회장에 도착했을 때 '내가 이곳에 있어도 될까?'라는 생각이 들었다. 본선 진출자나 관중을 포함해 난 그곳에서 가장 나이 많은 사람이었다. 본선 진출자들은 모두 친구와 팬들과 함께였다. 나는 주말 아이들을 남편에게 맡겨 놓고 혼자 그곳에 갔다.

이 젊은 청년들에게 나의 경력 단절 스토리가 과연 공감이 될까 염려했지만, 그날 난 경력 단절 기간 중 힘들었던 나의 육아 이야기로 2018년 골든 마이크 시즌 7의 우승자가 되었다. 공감대가 없을 것 같은 육아와 재취업의 이야기는 모든 이들이 공감하고 응원하는 메시지가 되었다. 항상 타인의 메시지만 전달하던 내가 내 이야기로 대중에게 인정받는 순간이었다. 사람들이 내 이야기를 듣고 공감한다는 것은 통역을 잘했을 때와 완전히 다른 성취감이었다.

난 아직도 타인의 메시지를 전달하는 통역 일이 좋다. 통역이나 해외 업무는 서로 다른 국가나 문화적 배경의 사람들이 소통하게 된다. 회의나 메일이나, 협상의 상황에서 사람들은 아주 작은 행동이나 태도로 인해 더 쉽게 갈등이 생긴다. 이런 갈등의 원인을 분석하여 소통을 더 잘할 수 있도록 돕고 싶었다. 버스에서 자리를 양보할 때 괜찮다고 해도, 우리는 한 번 더 권한다. 용돈을 드렸는데 괜찮다고 하는 할머니의 말에 그럼에도 슬며시 어딘가 용돈을 두고 온다. 한국의 문화에서는 거절이 예의상 거절이 있고 실제 거절이 있다. 이 모든 행동과 표현은 문화의 차이에서 비롯된다. 하지만 거절하는 것을 다시 권하는 것이 상대의 의사를 존중하지 않는 것으로 간주하는 문화도 있다. 이러한 문화의 차이를 분석하고 콘텐츠화 했다. 이제는 이러한 글로벌 비즈니스 문화와 역량 강화 강의와 워크숍을 진행한다.

해외 비즈니스, 해외 취업자, 해외 주재원을 대상으로 나의 콘텐츠를 나눈다. 유튜브, 브런치, 블로그를 통해 내가 마주한 사례들을 분석하고 그 분석을 기반으로 콘텐츠를 나누고, 강의나 워크숍을 진행한다. 외국인들에게는 한국인과의 업무의 효율성을 위해 한국인은 왜 이렇게 일하는지를 알려준다.

경력 단절 이후 통역사로 다시 일을 재기했지만 나도 내 이야기가 하고 싶다는 욕구는 이제 나를 강사라는 일로 이끌었다. 난 여전히 타인의 이야기를 전달하는 통역 일도 좋다.

아이를 키우며 아이만 자라는 것이 아니다. 엄마도 아이와 함께 자란다. 아이를 낳게 되면 누구나 엄마가 처음이다. 육아서를 수십 권 읽어도 이론과 실전은 달랐다. 아이의 실수를 용서하고 다시 응원하듯, 나 또한 엄마로 자라는 나를 응원해야 한다.

엄청난 돈을 버는 것도 아닌데 내가 어느 날 일을 하겠다고 결심했다면 우는 아이를 뒤로하고 나가는 나를 자책하지 말자. 걸음마를 연습하는 내 아이를 응원하듯, 넘어지고 상처 나도, 결국 걷게 되는 아이를 믿어 주듯, 나 자신도 믿어 보자. 그런 나를 잘하고 있다고 응원하자. 경력 단절 여성이지만, 우린 한때 일을 잘하던 커리어우먼이었다.

엄마로서 역할을 다하기 위해 잠시 나의 일을 내려놓을 수 있을 만큼 책임감 큰 사람이며 소통이 쉽지 않은 작은 생명체를 인내할 수 있는 사람이다. 세상의 중심이 나라고 생각하며 살았던 내가 찬란한 삶을 버리고 아이를 위해 사회와 단절된 채 살아갈 용기를 가졌던 사람이다. 이제 다시 용기 내어 세상을 마주한다면 그런 나를 믿어라. 그리고 응원하자. 세상에 엄마보다 더 대단한 일은 없다. 그걸 해낸 나다.

여성에게 커리어는 '보석'이다

나라는 보석, 아이에게 바칠까, 세상에 바칠까?

두 아이의 육아로 5년이라는 경력 단절 후 다시 나온 세상, 거리의 사람들은 모두 바빠 보인다. 작은 실수에도 '네가 있던 곳으로 돌아가'라고 외치는 듯 그들은 나를 반기지 않는다. 이 세상이 새로운 건 아이뿐이 아니었다. 나에게도 다시 나온 세상은 낯설기만 하다. 내가 아이와 보내는 동안 한순간도 쉬지 않고 달려온 그들 속에서 일 감각 사라진 아줌마는 순간순간이 괴롭고, 미안하다. 다시 나온 세상은 나에게 차갑기만 하다.

회의는 시작되고, 한동안 들어본 적 없는 낯선 이야기들이 오갈 때면 어느 순간 나는 아이 낳기 전 나의 모습을 떠올린다. 회의 중 일에 대한 이야기 일지라도 나에게 눈을 맞추며 말을 이어나가는 사람들 속에서, 자꾸만 가슴이 뭉클해져 그들과 눈을 맞출 수가 없다. 그들의 작은 눈 맞춤에도 나는 마치 내가 중요한 사람이 된 듯 가슴이 따뜻해진다. 5년간 매 순간 '엄마가 세상에서 제일 소중해'라는 눈 맞춤을 받은 나는 어느새 세상을 조금 더 따뜻하게 바라보는 법을 배웠다.

경력 단절 이후 다시 일을 시작하며 이렇듯 온탕과 냉탕을 오가며 그 어느 상황에서도 편안하지 못했다. 경력 단절은 잘 타던 자전거를 오래간만에 다시 타듯 하염없이 핸들은 흔들리며 아주 작은 돌멩이에도 걸려 넘어진다.

그 순간 나는 기억해야 한다. 한번 배우면 잊어버리지 않는 자전거 타기처럼 자전거를 계속 탄다면 누가 잡아주지 않아도 우리는 결국 다시 잘 타게 된다는 것이다.
따뜻하게 보이는 사람들의 눈빛 속에서, 차갑게 느껴지는 사람들의 말과 대우 속에서 허우적거릴지라도 지속한다면 우리는 결국 예전의 나보다 더 나은 나로 사회에 존재하게 될 것이다.

커리어는 보석 같은 나를 아이에게 바칠 수 있지만, 우리 아이가 살아갈 더 나은 세상을 위해 더 빛나는 보석이 되는 것이다. 나로 인해 세상은 더 환하게 빛날 것이며 그곳에 살아갈 아이는 좀 더 행복할 것이다.

잊지 말자, 잠시 빛바랜 보석일지라도 난 결국 빛나는 보석이 된다.

저자 길진화

길진화는 중국 북경의 국제학교에서 학생 관리 주임 등 다양한 교육 서비스 분야의 경력을 쌓았다. 결혼과 육아로 인해 6년간의 경력 단절을 겪었지만, 운동으로 자신감을 회복하고 영어 교육에 대한 새로운 열정을 발견했다.

이후 유치원과 어린이집에서 영어특강 강사로 활동하며 경험을 쌓다가, 코로나19로 활동이 어려운 시기에 액트영 프로그램을 개발하여 지금까지 즐겁고 효과적인 영어 학습을 제공하고 있다. 이와 더불어, 여성 기업가들의 성장 노하우를 담은 책인《씽크 빅, 액트 나우!》를 출간하고, 자기주도적여성기업가협회의 부회장으로 활발히 활동하고 있다.

현재는 액트영 직영점을 운영하며, 영어로 아이를 웃게 만드는 방법을 널리 퍼트리기 위해 액트영 연구소를 설립하여 프랜차이즈 기업으로 성장시키는 등 끊임없는 도전과 성장을 이어가고 있다.

아이들과 마주하다

꿈을 이룬 여성 기업가로

육아 슬럼프를 이겨낸 엄마,

길진화

─────── 단기간 최연소 승진했던 직장인,
4년 내내 젖 물리는 엄마가 되다

●

'어머니'의 열정을 물려받다

나의 어린 시절 이야기를 먼저 해보려고 한다.

국민학교(현 초등학교) 1학년이 되자, 갑자기 가족회의라는 명목으로 매월 용돈을 정하는 시간을 가지게 되었다. 말이 가족회의지, 용돈을 받기 위해서 지켜야 하는 규정을 정했고, 그 규칙들을 못 지키는 경우 용돈이 삭감되는 일까지 벌어지니 어린 나의 마음을 졸이던 회의 시간이었다.

가족회의에서 최초 결정은 부모님의 호칭이었다. 엄마, 아빠 대신 어머니와 아버지로 부르지 않으면 공개적으로 용돈을 줄이겠다는 엄포에 나는 그 이후로 대부분 친근하게 부르는 엄마 대신 남들에게는 다소 딱딱할지 모르는 "어머니"라는 호칭을 입에 달고 살았다. 나중에 나이가 들면 자식이 생길 테니 그 자식들 앞에서도 부모님에 대한 존경심을 호칭과 존댓말로 보여야 한다는 부모님이 정하신 먼 미래의 계획이었다.

직장을 다닐 때 어머니라는 호칭을 듣고는 나를 처음 본 사람들은 내가 결혼한 줄 알고 "어머니"의 존재를 되물어 가끔 오해를 부르기도 했다. 하지만 지금은 오히려 입에 베인 '어머니'라는 말이 너무 편하고, 그에 어울리는 존댓말을 어울려 하기에 말을 함부로 하지 않는 연습을 어릴 때부터 시켜 주신 것 같아 감사할 따름이다.

어디서든 지지 않고 불의에 맞서 당당하게 의견을 전달하던 강렬했던 모습들이 아직도 선명하게 떠오르게 만드는 나의 어머니는 카리스마 넘치는 자수성가형이다. 목소리가 워낙 큰 탓에 따지거나 싸우는 것처럼 보일 수 있지만 60대가 넘어서도 정성스럽게 양 갈래로 머리를 땋아 손질하시는 소녀 같은 모습을 간직하고 계신 분이기도 하다.

언제나 열심히 사시는 어머니의 모습을 보고 자란 나는 특별히 그 방법을 배우지도 않았는데 어린 시절부터 혼자서 부지런히 무엇이든 잘 해내려는 의욕과 열의가 넘치는 사람이 되었다.

내 어머니의 열정을 제대로 물려받았는지 다른 사람들에게도 나의 열정이 느껴졌던 모양이다. 어느 회사를 가든지 면접에서 "열심히 하겠다는 의지가 눈에 보인다.", "눈이 초롱초롱해서 마음에 든다." 라는 말을 자주 들어 덕분에 그 어렵다는 취직도 매번 성공할 수 있었다. 이런 경험에서 우러나오듯, 사람을 만날 때 내가 가장 먼저 보게 되는 건 사람의 눈이다. 그의 열정, 의지가 반짝이는 눈으로 나타나면서 그 사람의 매력을 진심으로 느낄 수 있기 때문이다.

나는 이렇게 어머니의 열정을 고이 물려받아 무엇이든 열심히 하는 직장 상사들에게 인정받는 사람으로 사회생활에 발을 내디뎠다.

나의 전공은 중국학이다

지금은 영어를 가르치며 아이들과 즐거운 시간을 보내고 있지만, 진짜 나의 전공은 중국학이다.

홍콩·중국 영화의 골수팬이었던 내 아버지의 영향으로 언제나 중국어가 집 안을 쩌렁쩌렁 울리는 비디오가 꽂혀 있었다. 아무렇지 않게 매일 중국 영화를 보여 준 나의 아버지는 그 누구도 모르게 우리 남매에게 중국어 조기 교육을 해 주셨던 셈이다. 특히 인천TV에서 방영했던 중국 드라마 '황제의 딸'을 보고 나서는 한국에 다섯 손가락 손꼽힐 정도로 드물었던 '중국학과' 이름에 꽂혀 지역 상관없이 원서를 넣고 입학을 하게 되었다.

다들 취직을 우려했던 지방대 입학이었지만 내가 좋아하는 중국어를 공부한 덕분에 장학금도 받아 가며 중국 교수님들과 주말에 한국 관광지를 함께 방문해 중국어로 한국문화를 설명하는 기회도 만들었고, 국어사전만 한 책의 번역 과제가 재미있어 며칠 밤을 새우고 공부 때문에 난생처음으로 코피를 흘렸다. 게다가 중국 지도를 보면 인구와 특산물 문화를 술술 말할 정도로 열심히 공부했다. 지금에서 얘기지만 이 모든 것을 고등학생 시절에 했다면 서울대를 갔을 거라는 가족들의 우스갯소리까지 나왔을 정도이니 어느 정도인지 느껴질 거다.

2002년 월드컵을 신나게 외치던 그해, 대학교 2학년이었지만 운이 좋게 중국 어학연수를 참여할 특별한 기회가 생겼다. 연수 비용이 너무 비싸서 부담은 되었지만 놓치고 싶지 않았던 나였기에 부모님을 졸라 북경행 비행기를 탈 수 있었다.

어학연수 첫날, 분반 레벨 테스트를 받게 되었는데 놀랍게도 최상위반으로 배정받아 대학교 2학년생인 나 홀로 4학년 선배들과 함께 공부하게 되었다. 중국어를 좋아한 만큼 열심히 한 결과가 나온 것 같아 너무 기뻤던 날이기도 하다. 연수 기간이 한 달이 넘자, 또래의 친구들은 하나둘 부모님께 투정과 애교를 부려가며 부족한 용돈을 달라고 국제전화를 하기 시작했다. 그 후 함께 연수하며 알고 지내던 외국인과 한국인 유학생들의 대부분은 용돈이 넉넉히 받았던 건지 매일 외식과 소소한 모임을 하는 걸 보게 되었다. 나도 그들 사이에 끼어들고 싶었지만 어렵게 부탁한 어학연수 비용이 이미 부담되었기에 나는 부모님께 차마 '용돈'을 달라고 할 수 없었다. 그래서 부족한 용돈을 아껴 쓰기로 마음먹고, 나 홀로 새벽에 일어나 아침마다 열리는 동네 근처 시장에서 장을 보고, 유학생들은 전혀 사용하지 않는 주방을 독점으로 사용하며 매 끼니를 해결했다.

용돈이 바닥날 때 즈음, 모교의 대학 방송영상학과에서 어학연수 장소와 북경의 명소 촬영을 나오게 되었는데 선배들 모두 시간이 없다며 통역을 거절하게 되면서 막내인 나에게 약 2주간 통역 지원을 하게 될 기회까지 생겼다. 하루하루 꽉꽉 채워가며 대학교 홍보 영상을 위해 촬영지를 돌아다니며 통역을 했지만, 전혀 힘들지 않았다. 오히려 여행하는 기분으로 통역을 하러 다녔던 것 같다. 수고비라며 모교인 대학에서 준 정말 최소한의 통역 지원금이었지만 경제난을 겪던 나에겐 남은 연수 기간을 풍족하게 보낼 수 있도록 만들어 준

아주 커다란 행운이었다. 북경에서의 나의 첫 통역은 '나에게 기회의 땅은 중국'이라는 생각으로 자리매김하게 된 동기가 되었다.

아픈 기억이 사라지진 않아도 이겨낼 수는 있다

중국 어학연수를 마치고 돌아와 나는 더욱 열심히 중국어 공부에 몰두할 수밖에 없었다.

연수를 다녀온 그해 겨울이 가까워져 가는 어느 추운 가을, 건강해 보이셨던 아버지께서 갑자기 돌아가시는 청천벽력 같은 일이 벌어지게 되었다. 나의 남동생이 가장 힘든 시기인 고3을 간신히 넘겨 대학 입학에 성공했지만, 남매인 우리 2명의 대학 학비를 어머니 홀로 한꺼번에 내야 하는 가장 어려운 위기를 맞게 된 것이다.

매번 다가오는 새 학기의 우리 집 분위기는 꽤나 무거웠다. 남들에게는 설레는 새 학기는 우리 집에서 한꺼번에 쓰나미처럼 몰려오는 나와 남동생의 학기마다 점점 늘어나는 학비 통지서를 보며 불안해하는 어머니의 모습이 고스란히 눈에 보이는 시기였기 때문이다.

어느 날, 화를 내시며 가계부를 꺼내 보이고는 어머니께서 나에게 거침없이 잔소리하셨다. 그저 신세 한탄할 곳이 없어 딸에게 의지하고 싶어 말한 이야기들에 갑작스러운 부담감과 그동안 했던 나의 노력이 무너지는 것 같았다. 집 안의 무거운 분위기가 너무 싫었던 20대의 철없던 나는 아버지의 빈 자리로 외로움과 슬픔에 젖은 어머니를 위로하는 대신 빨리 졸업하겠다는 의지를 갖고 남자들도 힘들다는 일당직과 아르바이트들을 견뎌내며 학비를 채웠다. 부족한 잠은 학교를 오고 가던 기차 안에서 해결하고, 학교에서 제출해야 할 리포트는 남들보다 일찍 등교해 마무리했다. 그렇게 언제나 시간에 쫓기던 나의 대학 생활을 3학년 1학기 조기 졸업의 꿈을 이루며 끝냈다.

무조건 가고 싶던 중국에서 취직을 하다

대학 졸업 후 곧장 중국에 가고 싶었지만, 비행기 푯값이 없던 나는 바다에서 살아보고 싶다는 나의 소원을 먼저 이루기로 계획을 세웠다. 학습지 선생님을 하며 약 1년을 일하며 모았던 돈을 가지고 부산 광안리 근처의 한 주택의 월세를 잡아 독립에 성공했다. 부산에서 생활을 유지하며 월세를 내기 위해선 한 일은 3가지였다. 낮에는 초등학교 방과 후 교사, 저녁에는 영어학원 보조강사, 주말에는 중국서류 번역이었다. 중국학 전공이니 중국어로 먹고살고 싶겠다는 꿈을 펼치려면 중국으로 가야만 할 수 있는 일이 훨씬 많다고 생각했다. 그래서 1년 반 남짓한 부산에서의 독립생활은 접기로 다짐하고 짐을 싸던 출국 준비를 하던 하루 전날, 나는 오랜만에 어머니께 전화로 나의 출국을 알렸다. 이미 출국을 결심한 나의 얘기를 그저 조용히 듣고 계셨던 어머니께서는 한국을 떠나는 이유였던 중국 유학 그리고 주재원의 꿈을 적극 찬성하며 누구보다 나의 중국 진출을 뜨겁게 응원해 주셨다.

대부분 한국에서 취직을 하고 중국으로 출국하는 경우였지만, 나는 중국에 가고 싶다는 의욕이 앞서 비행기 표를 먼저 사고 말았다. 게다가 중국에 도착해 한국인이 드문 저렴한 곳에 숙소에 머물며 실제로 중국인을 만나 중국어로 대화하는 게 이미 한껏 신이 나 있었다. 중국에서 취직을 하겠다는 의지를 불태우며 인터넷에서 구직 광고를 몇 시간이나 눈이 빠지게 보다가 중국 입국 1주일 만에 이력서를 넣은 곳에서 면접을 보는 행운이 생기게 되었다. 중국어 실전 대화로 나의 중국어 실력을 가늠하고 이력서를 보며 질문하시던 세련미 넘치던 그 실장님과의 대화가 여전히 생생하게 기억난다. 면접을 보고는 바로 시원하게 합격이라며, 3개월의 수습 기간과 기숙사 사감까지 병행할 경우 숙소를 제공하는 특혜까지 받게 된 정말 로또 같은 일이 나에게 다가왔던 것이다. 수습 기간 동안 받는 월급은 3600위안, 적은 월급이었지만 숙소제공으로 충분히 버틸 수 있었다. 낮에는 학원에서 저녁에는 기숙사에서 점호를 하며, 성장하는 중국어 소통 능력과 빨라지는 일 처리 덕분에 중책이 늘어나 쉬는 날이 일 년에 10일도 채 되지 않았었다. 이 모든 건 내가 1년이 지난 후 연봉 협상 시에 알게 된 사실이지만 나에겐 그저 행복했던 기억으로 남아 있다.

중국에서 생활하는 아이들이 궁금한 학부모의 궁금증을 풀어주기 위해 장문의 메일을 보내기도 하고 가정사를 터놓는 아이들의 언니, 누나가 되어 함께 울고 웃던 시간을 쌓았다. 중국 명문대 입시가 치열했던 시절이라 매일 오전 7시부터 밤 11시~12시까지 긴 근무를 했음에도 아이들을 마주할 때면 깔깔거리고 서로 웃었던 기억이 남을 정도로 그저 딱 나의 일이라고 생각했다.

그걸 알아채 주셨을까? 국제학교에서 주임을 맡게 되었다. 내 나이 25살에 중국에 온 지 1년 만에 1만 위안이라는 현지에선 꽤 큰 월급을 받게 되었던 시기이기도 하다. 이때, 중국 교수님들이 나를 보며 해 주신 말이 있다.

"知之者不如好之者, 好之者不如樂之者."
"아는 사람은 좋아하는 사람만 못하고 좋아하는 사람은 즐기는 사람만 못하다."

내가 일한 곳에서 25살밖에 안 된 아직 어린 여직원이 1년 만에 주임으로 승진하니 뜨거운 눈총을 받기도 했지만 많은 분이 '너는 그럴 자격이 충분히 있는 사람'이라며 진심으로 축하해주었다.

나는 즐겁게 하면 무엇이든 이루어진다는 나의 신념은 지금까지의 경험에서 비롯된다고 해도 과언이 아닐 만큼 결국 나는 내 인생에서 참 대단한 일들을 웃으며 해냈다. 중국에 살면서 나의 선택은 옳았다고 매일 거울을 보면서 스스로를 칭찬하던 나 자신을 정말 많이 사랑했던 20대였다.

그 시절 동네 친구, 연인이 되다

한창 즐겁게 일하며 월급도 상승하던 기쁨을 맛보며 중국 대륙 반 바퀴 여행을 실행하고 있을 즈음, 나의 남동생이 갑자기 연락을 해왔다. 중국 남쪽의 한 대학에서 교수를 할 수 있게 되었다는 아주 좋은 소식이었다.

허나, 홀로 계신 어머니의 걱정에 망설이고 있다는 남동생의 아쉬움을 토로하는 몇 마디와 한숨을 들으며 지금까지 나 홀로 너무나 즐겁고 신나게 살았던 것만 같아 괜한 미안함이 밀려왔다.

자신도 모르게 중국 영화로 조기 교육을 받았던 남동생마저 나와 같은 길을 선택해 중국어과에 진학하고 교환학생과 교수 겸임을 할 기회를 놓치게 만든 누나로 평생 남을 것만 같아 마음에 걸려 서둘러 한국으로 귀국했다.

귀국한 지 얼마 되지 않아 너무나 신기하게도 중학교 3학년 끝 무렵, 오락실에서 종종 보았던 친구에게서 연락이 오게 되었다. 군대 가는 모습도 본 친구이자, 제대 후에도 연락하고 지냈다가 중국에 간 후로 연락을 못 하고 지냈는데 친구들과 여행 계획이 있으니 함께 가자고 딱 날짜까지 정해서 연락한 것이었다. 오랜 시간의 어색함도 무색하게 한국 여행이 무척이나 반가웠던 터라 나는 바로 가겠다고 약속했다. 이것이 나의 결혼으로 이어질 줄은 상상도 못 한 채 말이다.

첫 여행을 함께 한 방금 얘기한 오락실 친구는 지금의 남편이 되었다.

처음에는 남편의 적극적인 구애에 감동하여 시작한 연애였지만, 연애 후 오히려 내가 더 좋아하게 되는 특이한 현상을 겪게 되었던 우리만의 특별한 러브스토리가 만들어졌다. 언제나 주말이나 되어

다시, 시작하는 여성들

야 데이트를 즐길 수 있는 남편은 일의 집중력이 훨씬 높은 대학원 연구생이었다.

게다가 정말 나와 완전 다른 삶을 살고 있는 공대생의 체계적인 꼼꼼함은 신세계를 접하는 묘한 매력으로 다가왔다. 덜렁대고 쉽게 잘 잊어버리는 나의 부족함을 채워주는 것만 같아 내 마음을 반하게 만들며 그림으로만 보았던 사람에게서 나오는 빛, 후광을 본 첫 남자로 내 인생의 큰 영향을 주었다. 소년미 넘치는 남편은 그렇게 지금까지 내 옆자리를 지키고 있다.

용기란

두려움이 없는 게 아니라 두려움에 맞서 이겨내는 것이다

애틋한 주말 연애에서 장기연애로 발전해 남편의 대학원 졸업과 사회생활에 첫발을 내딛는 것까지 함께하는 추억이 많이 쌓여가던 2011년. 결혼 전 혼수가 되어버린 나의 첫째 아이가 이미 뱃속에서 둥지를 트고 있다는 소식을 접하게 되었다. 나는 놀라움과 동시에 둘 다 모아 놓은 돈이 적다는 걱정과 함께 겁도 많이 났지만 이 아이를 지키고 싶단 생각을 남편에게 전했다.

그걸 들은 남편이 그 날 바로 내 손을 잡고 아버님께 곧장 데리고

인사를 시켰다. 처음 마주하는 시어른과의 식사 자리에 솔직히 겁도 많이 났지만, 식사가 거의 끝나갈 때, 나는 너무나 용감하게 "월세방이라도 좋으니 제가 데리고 살겠습니다."라고 외쳤다. 패기 넘치던 그 한마디의 진심이 시어른들께 전해졌던 건지 며칠 만에 바로 상견례 일정을 잡았고 결혼식 준비를 시작했다.

천사의 손을 잡다

나의 첫 혼수(지금의 큰딸)가 배 속에서 자리 잡으려면 6개월이 되어야 했고, 그 사이 결혼식을 준비하는데 시간을 맞추느라 모두 신경이 곤두서 있었다. 돌아가신 나의 아버지의 빈 자리를 채우기 위한 어머니의 부단한 노력에 불편함을 겪기도 했지만, 결혼식과 신혼여행까지 잘 마치고 시부모님의 도움으로 편안하고 소중한 보금자리까지 얻게 된 우리는 그저 좋기만 했다. 결혼식 날 입이 귀에 걸릴 정도로 환하게 웃는다고 "첫째는 딸이네."라는 얘기를 들었는데 그 말이 딱 들어맞았다.

첫 출산이다 보니 예정일보다 늦게 나오고, 자궁은 열리지 않아 유도 분만까지 시도하다가 꼬박 3일을 버티고는 수술 동의서에 서명해버렸다. 그 힘든 과정을 함께 겪은 첫째의 두 눈은 별이 빛나듯 뚫어지게 나를 쳐다보며, 허공에 손을 뻗어 나의 가슴을 간신히 움켜 잡고 입을 벌리던 모습은 평생 잊을 수 없던 순간으로 남아 있다.

행복과 시련은 함께 다가온다

사회 초년생으로 자리매김하기 위해 달리며 회사에서 인정받으려던 시기였던 남편은 매일 야근하느라 밤늦게 돌아왔다. 간신히 잠만 자고 출근할 정도로 바쁘게 출퇴근을 번복했기에 혼자 일하는 남편이 안쓰러웠던 나는 독박 육아에 대한 스트레스를 크게 티를 내고 싶지 않았다.

그렇게 쪽잠으로 버텨가며 1년 10개월의 수유를 마치면서 한 시름 놓아가던 시기, 방심했다며 생각보다 빨랐던 둘째의 임신 소식을 접하게 되었다. 둘째인 아들은 예정일을 잡아 수술하여 출산했고 눈을 뜨자마자 엄청난 양의 수유량을 흡입하는 아들의 힘에 놀라며 다시 수유를 시작하게 되었다. 조리원에서 나와 마주한 나의 첫째 딸은 분리 불안과 둘째 공포증이 생긴 건지 둘째와 함께 젖을 먹겠다며 입부터 들이대었다. '조금 하다 말겠지.' 했던 첫째의 수유도 다시 하게 되어버렸다. 어여쁜 속옷을 좋아하던 나는 입지도 못하던 속옷들을 모두 내버리고는 수유용으로 모두 교체된 서랍장만을 매일 멍하니 바라보며 한숨을 쉬었다. 바쁜 와중에 준비했던 수유용 속옷마저 제대로 입지 못하는 경우가 대다수였다. 내 모습은 마치 언제든

지 아이들이 입만 가져다 대면 밥이 나오는 걸어 다니는 무료 자판기 같았다. 대체 내가 무얼 하고 있는지 수십 번, 수백 번, 수천 번 나에게 물어보았지만 두 아이가 저질러 놓은 일들을 처리하느라 스스로에게 답을 할 여유는 없었다.

4년간의 수유, 망가진 몸을 마주하다

속옷조차 제대로 입지 못하며 보낸 4년간의 육아 시절은 매일 많은 양의 수유를 하다 보니 축 늘어지고 주름이 가득한 100살 먹은 할머니 같은 가슴을 남겨주게 된다. 거울 앞에 서면 무엇이든 다 할 수 있다는 의욕 넘치던 나의 20대와 달리 30대 중반의 나는 흐느적대는 가슴을 들어 올렸다 내렸다 반복하며 돌아오지 않는 나의 몸에 대한 배신감에 이미 크게 분노하고 있었다. 게다가 나보다 컸던 남편의 옷마저 낑낑대다 입지 못하는 상황이 되자, 마지막으로 나의 긍정적이었던 자존감마저 점차 바닥을 치게 되었다.

'쌍둥이를 키우면 이런 느낌인 걸까?' 싶을 정도로 아이들이 아플 때면 아기 띠를 앞뒤로 두 개를 메고 버스에 탑승하여 병원에 다녔다. 앞에는 둘째를 안고, 뒤에는 첫째를 업고서 버스에 탑승하면 많은 사람이 신기하게 또는 안쓰럽게 쳐다보는 것만 같아 나도 모르게 사람들과 눈을 마주치지 않으려 애를 썼다.

심지어 재울 때도 앞뒤로 애들을 메고 밤마다 공원을 걸어 다니다 무릎의 붓기와 눌리는 통증과 함께 뼈가 우드득하고 어긋나는 소리에 놀라 급히 검진을 받았다. 무릎에 물이 찼다는 의사 선생님이 전달한 소식을 듣고는 결국 꾹 참았던 눈물샘을 터트리며 엄청 서럽게 주저 울고 말았다.

그뿐이 아니다. 오랜 시간 소화불량이나 감기에도 수유 중이니 약을 못 먹었던 나는 어린 시절에 앓았던 축농증이 다시 돌아오기 시작했다.

처음에 열이 나긴 했지만, 고열이 아니라 방심하던 차에 조금 오르다 말았던 열이 40도를 넘으며 며칠을 버티다 한쪽 눈이 점점 흐려지는 이상증세까지 오자 동네 이비인후과를 방문했다. 그냥 며칠 약을 먹고 간단히 끝날 줄 알았던 진료는 심각한 상황으로 전환되었다. 큰 병원에 가서 진료를 받아야 한다고 말하는 동네 이비인후과 의사의 말에 무심코 대학병원에 간 나는 어이없고 당황스러운 진료 결과와 함께 당장 입원하라는 말을 들었다. 아이가 있다며 입원하기 어렵다고 말하자 지금 항생제를 맞지 않으면 왼쪽 눈 하나를 잃을 정도로 실명 위기라는 말에 끝내 그 날 저녁 응급실을 통해 나 홀로 입원 수속을 마쳤다.

입원 기간 동안 둘째 아이가 폐렴에 걸려 같은 병원을 입원하게 되는 해프닝이 벌어졌다.

아픈 아이는 밤에 그토록 서럽게 울며 엄마를 찾는다.

하는 수 없이 환자복을 입고 어린이 병동에서 밤을 새우며 아이를 돌보는 상황이 1주 가까이 되자, 결국 나의 입원 기간 2주를 못 채우고 10일 만에 퇴원하고 아이의 병간호에 집중하게 되었다. 그렇게 차곡차곡 시들어가던 나의 몸은 둘째가 어린이집을 입학하고 반년이 지나고서야 제대로 마주할 수 있었다. 걷다가 무릎이 어긋나며 생기는 통증에 길 한복판에 서서 10분 이상 움직이지도 못하고 식은땀을 흘리며 뼈가 맞춰질 때까지 몇 번이고 어루만져야만 가라앉았던 나의 나이는 기껏해야 34살이었다.

——— 중국어를 전공한 영어선생님이 되다

다시 찾고 싶었던 수퍼 파워

내가 가장 좋아하던 시간은 나의 아이들에게 책을 읽어줄 때였다. 학생들을 가르칠 때의 그 느낌 그대로 재현해주는 선생님으로 지낸 젊은 시절의 추억이 살아나는 행복한 시간이자, 아이들을 재우며 나도 함께 좋은 꿈을 꾸며 잠드는 시간이었기 때문이다. 엉뚱한 상상을 하고, 환상적인 희망을 펼쳐도 뭐라고 하지 않는 순수한 아이들과 책에 대한 이야기 나눔은 지금도 나에게 힘이 되어 주는 소중한 기억으로 남아 있다.

우연히 첫째 아이와 같은 반 엄마와 친해지게 되었는데 그 엄마가 바로 영어 선생님이었다. 어느 날 그 엄마가 갑자기 일정이 생긴 선생님을 대신해 수업할 수 있는지 묻자, 부담을 가진 나는 잠시 대답을 망설였다. 하고는 싶지만 실수하면 안 될 것 같다고 말하니 충분히 할 수 있다며 응원해 주었다. 결국, 마음에 이끌려 수업을 하고 싶었던 나는 수업을 하기로 했다. 오랜만에 수업할 생각에 들떠 수업 계획을 세우고, 교구도 빌려 집에서 몇 번이고 연습하고는 특강을 하게 될 어린이집으로 향했다.

어린이집 교실 문턱에 발을 들여놓은 나는 잔뜩 긴장한 마음을 숨기려고 더욱 크게 웃으며 교실로 들어갔다. 두리번대다 아이들이 앉는 작은 나무 의자에 앉아 자리를 잡고, 수업을 시작하자마자 내 귓가에 크게 울려 퍼지는 아이들의 환호성에 굳었던 몸이 풀리고 말았다.
오랜만에 느끼는 짜릿한 느낌에 나도 모르게 방방 뛰며 수업하고 있다는 걸 그제야 깨달았다.

수업을 단 하루밖에 하지 않았지만 그해 말, 어린이집 원장님께서 신입일 거 같았던 내가 수업하는 걸 직접 보시고는 만족하셨다며, 나를 강사로 채용하겠다고 회사에 전화를 하셨다고 한다. 덕분에 나는 아이들을 어린이집에 맡기는 동안에 할 수 있는 최고의 일을 하게 되었다.

이제는 아이들의 엄마일 뿐 아니라 새로운 일을 찾아 도전하던 수퍼 파워의 커리어우먼으로 돌아온 기분이 들었다.

너희 엄마 어디 계시니?

매일 놀이터를 나가야 직성이 풀리는 아이들을 데리고 외출했던 하루의 이야기를 해보려 한다.

첫째 6살, 둘째 4살인 두 아이를 하루 종일 집에 놀도록 두기에는 너무 많은 인내가 필요한 시기였다. 게다가 집에서 5분도 채 걸리지 않는 놀이터에는 아이들의 신나는 목소리까지 울려 퍼지니 이미 마음이 들떠 있는 아이들은 창문 틈에 무릎을 꿇고 매미처럼 붙어 있는 모습을 보였다. 결국, 마음이 약해지는 나란 엄마는 아이들을 실망하게 할 수 없어 매일 3~4번은 꼭 놀이터에 나가 놀 수밖에 없었다.

평상시와 다름없이 신나게 놀다가 잠시 목을 축이기 위해 아이들과 나란히 벤치 앉아 물과 간식을 먹으며 이야기를 하던 중, 옆의 한 아주머니께서 갑자기 물었다.

"얘, 너희 엄마는 어디 계시니?"

이 말에 나는 무척이나 당황스러웠다. 옆에 앉아있던 아이는 바로 나의 첫째, 딸아이였던 것이다. '내가 왜, 무엇 때문에 이 아이의 엄마로 보이지 않는 걸까?' 너무 놀라 고민에 빠져 아주머니의 답을 놓치려던 순간이었다. 놀라서 답을 얼버무릴 뻔한 나와 달리 "우리 엄마, 여기 있는데요?"라며 씩씩하게 답을 한 나의 딸아이와 눈을 마주 보고 나서야 당당하게 "네, 제가 이 아이의 엄마예요."라고 답을 하게 되었다. 우리의 대답을 들은 아주머니는 무안하신 듯 고개를 끄덕이고는 돌려 같이 오신 분과 다시 이야기를 이어나갔다. '얼마나 나와 아이가 닮지 않았으면 그런 질문을 받았을까'라는 생각에 잠기던 그때, '당연히 우리 엄마'라는 걸 보여 주듯 환하게 웃으며 나의 팔을 꼭 안아 주는 딸아이의 모습에 울컥하고 말았다. 순간 '내가 왜 그랬을까'라며 바로 답하지 못한 엄마의 모습을 보인 것만 같아 딸아이에게 미안했다.

이제야 웃으며 말할 수 있지만, 솔직히 한참이 지나서야 "엄마 안 닮았다고 할 정도로 사람들에게 우리 딸이 정말 예쁘게 보였던 거야." 하며 우스갯소리로 받아들였다.

다시, 시작하는 여성들

젊음의 꿈을 찾아

아무래도 안 되겠다 싶은 나는 변신하기로 마음을 먹고 운동에 욕심을 내기 시작했다. 초등학교 입학을 앞둔 딸에게 "너희 엄마 어디 계시니?"라는 질문을 다시는 받게 하고 싶지 않았기 때문이었다. 멋지게 살을 빼고 예뻐진 엄마가 되고 싶었던 나는 남편에게 처음으로 큰돈을 요청했다. 외벌이라 카드 긁을 때마다 눈치가 이만저만이 아니었는데 나의 놀이터 스토리의 충격이 컸던 걸 아는 남편은 예상외로 기다렸다는 듯 바로 통장에 돈을 송금해주었다.

남편의 지지까지 얻어 피트니스 센터를 등록해 아침에는 줌바를 배우고, 오후에는 그룹 P.T.까지 등록하여 하루의 반나절은 운동하는 곳에서 시간을 보낼 정도로 운동에 열정을 쏟았다. 출산과 육아로 88kg까지 치솟아 오른 나의 몸무게는 2년간의 꾸준한 운동으로 28kg를 감량하여 60kg까지 목표치를 이루는 결과를 이뤘다.

바닥에서 맴돌았던 나의 자존감은 낮아진 몸무게와 반대로 점차 올라오면서 몸이 바뀌는 즐거움과 동시에 나의 일을 더욱 사랑할 수 있게 되는 신기한 경험을 하게 된다. 게다가 빠져가는 살 대신 맘카페에서 중국어 그룹 스터디 무료 봉사까지 하는 따뜻한 마음의 힘을 채우는 사람이 되려고 노력했다.

첫 아이 유치원 졸업 발표회 날, 스스로와 약속한 대로 난생처음 몸에 딱 붙는 검은색 원피스를 입고 자신감 넘치는 모습으로 아이 옆에서 당당하게 사진을 찍었다.

나에겐 특별한 초등학교 학부모회

결혼 후 처음으로 벌벌 떨며 긴장했던 첫 수업을 했던 나는 어느새 유아 영어특강 강사 4년 차로 자리를 잡았다. 그뿐만 아니라 가벼워진 몸으로 무엇이든 할 수 있다고 생각이 든 나는 내 특기를 살려 교육 봉사까지 할 수 있는 용기가 생겼다. 아이들의 유치원 시절, 남들은 힘들다고 손을 내젓는 학부모회에 참석하고 싶었지만 남의 눈을 한창 의식하던 시기라 포기했었다. 첫째 아이의 입학을 앞두고 학부모회 회장이 직접 찾아와 도움을 요청하며 추천을 받아 초등학교 학부모회 임원을 맡게 되었다. 임원 활동을 하다 보니 교육청에서 지원을 받을 수 있는 모든 것들은 아이들에게 꼭 해주고 싶다는 생각이 들었다. 그래서 이제 막 학부모회를 시작한 초보 학부모임에도 교육청 학부모 공모 사업을 계획하게 되었다.

나의 첫 계획서를 열심히 작성하여 넣은 결과는 당첨. 그야말로 성공이었다. 계획서 내용은 바로, 내가 가장 잘하는 영어수업이 바탕이 된 영어마을 프로그램이었다. 실무를 맡게 된 나는 영어 마을 체험 프로그램을 직접 짜고, 학부모회 어머니들과 함께 교구까지 만들어 약 500명의 전교생에게 영어수업을 진행하게 된다. 학생과 학부모 만족도가 높았던 영어마을 프로그램이었고, 학교 측에서도 반응이 좋았다. 오전에 학교에서 수업하고 나면 오후에 힘이 빠질 만도 한데 전혀 상관없이 현업에서 나비가 훨훨 날아다니듯 열심히 수업하는 나를 마주하면서 다시 한번 느낀 것이 있었다. 아이들이 웃고 있을 때 그 자리에 있는 나의 모습이 최고로 행복하다는 것이다.

영어마을 프로그램을 멋지게 해낸 그해, 겨울 방학식 날의 첫째 아이가 받은 같은 반 친구의 크리스마스 카드 내용이 숨겨두었던 마음을 흔들었다. '너네 엄마가 웃겨서 참 좋겠다.'라는 말이 담긴 카드를 내밀며 기뻐하는 나의 딸의 모습은 지금도 잊혀지지 않는다. 나의 고생한 마음을 알아주는 것 같아 울컥하며, 나도 모르게 20대의 교사 시절이 그리워졌다. 갑자기 없는 힘이 마구 솟아오르면서 그동안 하지 못한 일들을 해보겠다고 다이어리를 꼭꼭 채워가며 많은 계획을 세웠다. 마치 집을 세우기 전 땅을 고르게 펴고 있는 것처럼 나는 다양한 강의를 듣기 위해 배움의 문들을 두드리기 시작했다. 또 다른 엄마의 매력을 아이들에게 보여 주고 싶은 의욕이 생긴 최고의 전환점이 되어준 학부모회 활동이었다.

2차 경력 단절 대전을 마주하다

2020년. 한동안 쭉 오르막길만 타고 올라가던 롤러코스터가 내리막길을 맞이하기 바로 직전의 길을 만나듯 심장이 내려앉는 기분이 들었다. TV에서 코로나19의 심각성을 듣기만 했을 뿐 현실에서 직접 타격을 받은 건 바로 '휴원 명령'이란 갑작스러운 소식이었다. 그 소식을 들은 나는 멍하니 있을 수밖에 없었다. 어린이집과 유치원이 문을 닫고 가정에서 아이들을 보육하게 된 것이다. 게다가 이제 나의 힘의 원천인 수업도 하지 못하니 어디서든 수업에서 많은 아이들과 마주칠 수 없다는 건 나에게 청천벽력과 같은 소리였다.

엄청난 에너지를 만들기 위해 운동에 열을 올리고 더욱 다양한 활동을 한 나였는데 이걸 대체 어디에 써야 할지 몰랐다. 마치 문이 잠긴 우리 안에 갇혀 있는 것만 같았다. 결국, 나는 에너지를 주체하지 못하고 하루도 빠짐없이 반나절은 동네 놀이터에서 아이들과 뛰어놀았다. 덕분에 아이들은 친구들에게 '철봉원숭이'란 별명을 가질 정도로 철봉을 잘 탄다. 점차 격상되는 코로나19의 경계 태세는 인간관계의 멀어지는 거리감의 영향을 빠르게 보여 줄 정도였다. 새로운 인간관계의 생성을 좋아하던 나는 가까운 사람들과는 더욱 가깝게 먼 사람들은 거의 인연을 끊어가고 있었다.

가만히 있는 것은 가만히 있지 않는 것만큼 못하다. 어떻게 해낸 재취업인데 여기서 무너지면 안 되겠다 생각한 나는 조금 앞서가고 있는 사람들의 모습을 관찰하기 시작했다. 처음에는 나라에서 운영하는 여성인력개발센터를 찾아 온라인 강의를 들었다. 꿈마루, 꿈날개까지 인터넷으로 많은 정보를 정리하며 각양각색의 온라인 강의를 들으며 공통점을 느꼈다. 자신의 사업을 시작하는 사람들이 많아지는 것이었다. 아주 작은 개인 브랜드임에도 사람들에게 인기 있는 여성 1인 기업가들의 역량이 진심으로 궁금해졌다. 마침 지인이 알려준 자기계발 프로그램 정보를 듣게 된 나는 개인 브랜드를 만들어주는 분의 강의를 접하게 된다.

참여한 분들이 자기소개 후 사업 시작에 대한 의견을 물을 때 강의 처음 하는 말들이 있었다.

"제가 어떻게 그런 걸 해요?"
"저는 자신이 없어요."
"제가 할 수 있을까요?"

나 또한 생각이 비슷했다. 나만의 브랜드를 만들겠단 생각은 고등학생 시절의 한낱 지나가는 꿈으로 남아 있었고, 나의 커리어를 지금 코로나19 상황에서 어떻게 살릴 수 있는지가 오로지 궁금했던 터라 참여한 강의였다. 하지만 강의를 통해 다시 기억이 살아났다. 매주 달라져 가는 나의 모습은 정말 좋아하는 중국어를 대학에서 열심히 공부했을 때와 비슷한 상황이 되었다.

나의 밤은 낮보다 아름다웠다

육아를 마친 밤 10시부터 과제를 하고, 매일 다이어리를 빼곡하게 쓰면서 골똘히 생각하는 나를 본 아이들이 정말 열심히 하는 것 같다며 공부하라고 자리를 피해 주기까지 했다. 이미 잡아 놓은 기존의 포트폴리오를 뒤로하고, 새롭게 만든 사업 아이템의 틀이 잡혀지는 것 같아 새롭게 쓰고 있는 프로젝트를 보며 나의 손은 떨리고 가슴은 계속 두근거렸다. 오히려 너무 신나게 나오는 나의 아이디어를 빨리 보여 주고 싶었다.

5주간의 과정이 얼마나 많은 변화를 주었는지, 나의 포트폴리오는 사업 아이템으로 형태를 드러냈다. 의문점을 토로하며 강의에 참여한 멤버들도 마침내 포트폴리오를 통해 각자의 사업 아이템을 발표했다. 어려운 도전이지만 스스로에게 계속 질문을 던지게 만든 시간 속에서 열심히 하자고, 서로를 응원하며 마무리를 하게 된 멤버들과 함께 한 마지막 강의는 결국 울음바다가 되었다. 코로나19 사태로 일명 백조가 될 뻔한 나는 오히려 벌게 된 시간 덕분에 새로운 나를 찾고 커리어를 더 크게 성장할 수 있는 계기로 만들었다.

어쩌다 엄마는 되었지만 꿈을 포기하지 않았다

《어쩌다 엄마는 되었지만》이라는 책을 읽으면서 꿈을 포기하지 않고 지금까지 노력하는 사람들을 주변에서 보고 있다. 그저 말로만 끝날 수 있는 꿈이지만 계속 같은 꿈을 꾸는 것은 포기하지 않고 꾸준히 자신의 꿈을 이루려는 마음이 언제나 자리 잡고 있는 것이 아닐까 생각된다.

뚜렷하게 느껴지는 나의 꿈을 정리하여 벽에 붙이면 나를 보는 아이들의 시선이 달라짐을 느낀다. 아이들은 내가 매일 무언가 집중하며, 쓰고 정리하고, 도전하는 모습을 수없이 보았다. 반복되는 일상에도 큰 성과는 없었지만, 아이들에게는 내가 꿈을 포기하지 않는 엄마였다. 힘든 시간을 이겨내는 힘은 그 어떤 재산과도 비교할 수 없기에 나의 성장 과정을 보고 있는 아이들에게 육아를 겪으며 함께한 열정적인 시간을 물려 주고 싶었다.

하지만 꿈을 이루겠단 나의 모습을 고스란히 보여 주는 성과가 나오기를 간절히 바라면서도 사업 시작을 망설이고 있는 나 자신과 싸우고 있었다. 오프라인 수업은 정말 누구보다 자신이 있었지만, 오프라인과는 전혀 다른 시너지가 나올까 두려워 온라인 수업은 겁부터 먹고 있던 것이다.

나 홀로 고민하던 어느 날, 도서관에서 읽었던 시 한 편이 나를 툭 건드렸다.

가지 말라는데 가고 싶은 길이 있다.
만나지 말자면서 만나고 싶은 사람이 있다.
하지 말라면 더 해보고 싶은 일이 있다.
그것이 인생이고 그리움, 바로 너다.
- 나태주의 '그리움' 중에서 -

이 시 한 편이 나의 초심을 깨우는 일이 벌어진 것이다.

코로나19 시기에 수업을 하겠다는 희망의 씨앗 하나가 뿌리를 내리게 된 액트영을 그냥 둘 수 없다는 생각이 하염없이 들었다.

그래서 남들이 온라인 수업을 바로 시작할 때 단 한 명의 아이라도 즐겁게 해주겠다며 온라인으로 나의 특기인 영어마을 프로그램을 체험할 수 있는 오프라인 수업신청을 받았다. 처음에 한 명이었던 신청 학생이 점점 많아지면서 단절된 아이들과의 소통에 대한 행복감을 가득 안고 서울, 경기, 강원, 부산, 제주 등 방방곡곡으로 열심히 달려가 특별한 나만의 수업을 했다. 마냥 좋아서 한 수업들이 모여 곧 기회가 되었다. 또한, 오직 아이들을 위한 재미있는 수업을 하며 학부모와 진정한 마음을 나누고, 아이들의 행복감을 가득 끌어올리는 교사가 되겠다는 나의 꿈도 이루어 내기 시작했다.

고객들을 매료시킬 단 한 줄, 슬로건을 만들다

나는 신나고 즐겁게 수업을 하고 과제를 확인하며 아이들의 사진과 영상을 되돌아보는 시간을 갖는다. 수업할 때 활짝 웃고 있는 아이들의 모습을 보며 나도 입꼬리가 절로 올라가는 뿌듯함에 이 순간들을 기억할 만한 단 한 줄의 평가, 글로 만들고 싶었다.

'영어로 아이를 웃게 합니다'라는 슬로건의 탄생은 액트영 수업에서 영어로 말할 때 그 파워가 뚫고 나올 정도로 신나게 소리 지르며 깔깔거리는 아이들의 모습에서 나왔다.

아이들이 영어수업에서 웃었을 때의 기억이 평생 기반이 되기를 바라는 마음도 담았다.

액트영을 표현하는 단 한 줄의 평가가 고객(학생)중심의 슬로건이 되어 나의 초심을 항상 되돌아보는 액트영이 되었다.

다시, 시작하는 여성들

남의 말을 듣지 않고 선택했던 소신, 그 덕분에 액트영이 탄생했다

친구들에게 나의 사업을 얘기했을 때 돌아온 차가운 반응을 기억하는 이들이 생각보다 많다. 게다가 내 사업에 대해 관심이 없는 것이 오히려 감사할 정도로 친한 이들의 반응에 민감한 경우도 종종 있었다. 아무리 좋아하고 친한 사람일지라도 나의 사업 아이템이 별로라는 솔직한 답변에 당사자는 결국 상처를 받고 시작마저 포기하려던 순간이 있었기 때문이다.

두 마리의 토끼를 다 잡는 것은 불가능하다.

우정을 추구하면 자신의 사업 윤리가 망가진다. 우정은 나의 사업 밖에서 찾아야 한다.

많은 사람과 사적인 모임을 가지면서 느끼지만, 누구나 부러워할 삶이라도 막상 그들의 삶을 들여다보면 큰 에피소드가 없다. 일을 그만큼 하니까 고소득인 것이고, 돈은 많이 벌지만 일에 치여 정작 자신을 위해 쓸 시간이 없다. 나는 자신의 업적을 이룬 사람들 속에서 아무렇지 않은 듯 환하게 웃어 보이며, 남몰래 긴장하여 쥐게 된 주먹의 흘린 땀을 무릎에 슬며시 닦고 다시 주먹을 쥐는 일을 수없이 반복하며 그 자리를 지켜내려고 노력했다.

물론 내가 너무 존경하는 분들이 많이 계시지만 그럼에도 불구하고 선은 지키게 마련이다.

사적인 부분까지 파고드는 개인 평가가 아니라, 제품이면 제품만 오로지 평가해주는 사업 파트너들을 만날 수 있는 네트워킹에 참여하면서 내 나이보다도 더 빠르게 변해가는 세상에 적응하려면 배우겠다는 의지를 사람들에게 아무렇지 않게 적극적으로 내보일 수 있었다.

성공하더라도 계속 미래의 자신에게 '나는 누구인가?'라는 질문을 던지며 나만의 꿈을 꾸던 나는 비록 남들에게 돋보이지 않는 여성 기업가였지만 꾸준히 나답게 움직였다. 그래서 나만의 액트영이 탄생했다.

여성에게 커리어는 '나를 믿는 사람들'이다

개천의 용이 된 액트영을 만들게 한 사람들

온라인 수업이 무서워 오프라인으로 시작한 수업으로 용기를 얻어 '액트영'이라는 브랜드를 온라인 액티비티 워크시트과 키트를 만들 수 있도록 아이디어를 준 사람들이 있다.

일회성 수업에서 벗어난 온라인 영어마을의 탈바꿈으로 하기 위한 최초의 시도였다. 오프라인에 이어 온라인 수업으로 계속 만나고 싶다는 학부모님들과 학생들의 요청에 오직 수업을 할 수 있다는 작은 소망에 기대어 모집 글을 올렸다. 첫 모집에서 기껏 10명도 채 되지 않은 인원이었다. 하지만 새싹 같은 나의 소중한 학생들이 아기새가 입을 벌리듯 나만 바라보고 깔깔대며 웃는 모습에 학부모님들의 찬사가 이어졌다. 소규모 그룹으로 시작했던 액트영 수업은 점차 입소문이 나자, 반년이 채 안 되어 전국 각지의 아이들과 인연을 맺게 되었다. 온라인 액트영의 탄생은 내가 사랑하는 학생들이 수업할 수 있는 기회를 만들어 준 거나 다름이 없다.

액션으로 입이 트이는 영어, 액트영은 말 그대로 아이들이 움직이면서 하는 수업이다. 온라인이지만 모든 아이의 마이크는 항상 켜놓은 상태로 율동과 춤까지 춰가며 신나게 수업을 진행했다. 무지막지하게 시끄러울 거라 생각되겠지만 의외로 정해진 규칙에 아이들은 너무나 잘 따라온다.

이유가 없이 그저 하지 못하게 막기보다 이유를 만들어 활짝 열어 놓은 액트영 온라인 수업은 아이들이 제일 기다리는 수업 중 하나가 되었다.

액트영의 제일 특별한 수업 중 하나는 키트 영어이다.

나의 학생들이 대부분 7~10살이었기 때문에 유행에 민감한 초등학생이 가장 좋아하는 아이템으로 찾아야만 했다. 허나 코로나19로 등교하지 않는 시기라 알아낼 방법이 없었는데, 다행히도 나의 딸과 아들의 또래 친구들 사이에서 정보를 얻어낼 수 있었다. 게다가 SNS를 통해 아이템을 초등학교 앞 문구점들을 탐방하며 재료를 구하러 다녔다. 학습과 관련된 키트보다 옆집 친구가 가지고 있는 희귀템을 더 갖고 싶어 한 아이들의 니즈 파악을 적용한 만들기 키트

다시, 시작하는 여성들

의 인기는 그야말로 아이들의 취향을 저격하는 영어 키트가 되었다.

게다가 학부모회에서 알고 지내던 학부모 지인들에게 근래의 학습 상황과 유행하는 교육아이템을 묻고, 함께 일했던 강사분들께 정보를 얻어 해외 사이트를 검색하며 워크시트를 만들었다.

나의 자녀들과 그 친구들, 동네 엄마들, 동료들의 의견을 반영한 다양한 리서치를 통해 학부모와 학생들의 만족을 향해 매월 새로운 워크북과 키트를 개발했다. 매월 모집일에 맞추기 위해 촉박한 시간을 다투는 힘든 일이었지만 유행 민감도가 높을수록 성공할 확률이 높아졌기에 뿌듯함으로 꾸준히 만든 워크시트와 키트가 담긴 강의 영상은 100개 넘게 되었다.

혼자서는 너무 많아진 택배 작업에 힘들어하는 나의 모습을 본 딸은 포장과 함께 배송까지 우체국까지 따라 나오며 투정 한마디 없이 도와주는 든든한 동료가 되었다.
나는 인생의 큰 복 중 하나인 인복을 액트영에서 모두 경험하게 된 셈이다.

홈런은 운이 좋은 선수가 아니라 준비된 선수가 치는 것이다

온라인 액트영은 온라인 수업으로 주 4일 영어수업을 하게 되는 꼴이었다.

월·화·수 3일은 워크시트와 만들기 영상 수업으로 진행하고, 목요일은 온라인 수업으로 3일 동안 실행한 워크시트를 읽거나 퀴즈를 내어 완성된 키트 인증하는 수업 시간이었다.

매월 새롭게 준비하는 워크시트는 수백 번의 가위질과 풀질로 완성했고, 3일 동안 매일 주어지는 단 20분의 영상 강의를 만들기 위해 하루 11시간을 꼬박 투자할 정도로 촬영과 편집에 애정을 쏟았다. 틈만 나면 수업이 없는 토요일 아침 일찍 동대문 재료 상가에 가서 유행하는 아이템을 사는 나는 상점의 사장으로 오해를 받을 정도로 많은 양의 키트를 구매했다.

온라인 수업으로 만들어진 100개 이상의 강의 영상, 키트와 워크시트 자료들이 나를 더 단단하게 만들어 더 넓은 세상으로 나아갈 수 있도록 도와주었다.
많은 시간을 투자한 만큼 나만의 브랜드인 액트영은 더욱 소중해졌다.

갖은 애를 쓰고 만든 프로그램을 즐겁게 진행하던 온라인 액트영 학생들의 학년이 오르게 되면서 본격적인 영어수업을 원하게 되자, 나는 또 다른 프로그램 개발을 위한 고민에 빠졌다.

영어특강에서 잘 활용했던 영어원서 읽기와 파닉스(PHONICS) 교재를 융합한 수업을 액트영답게 풀어야 한다고 생각이 든 나는 가장 먼저 나에게 영어특강을 권유했던 지인의 공부방을 방문하고 조언을 들었다. 그걸 바탕으로 학원가의 어학원 교재와 영어학원 원장 커뮤니티를 통해 다양한 정보를 정리하며 파닉스 수업과 키트 수업이 융합된 액트영의 새로운 학습 프로그램을 만들었다.

새롭게 모집한 온라인 액트영 파닉스반 학생들은 내 노력과 마음이 닿아 실력이 점차 좋아지는 모습을 보여 주었다. 성장하는 학생들의 모습을 보고 이제는 밖으로 나갈 준비가 된 것 같아 꾸물꾸물대다가 오프라인 수업으로 확장할 마음을 굳히게 되었다.

나만의 흔들리지 않는 교육이념을 그대로 담아 오프라인 〈액트영〉을 보여 주기 위해 정성스레 만들었던 첫 오프라인 액트영 파닉스반의 모집 공지를 업로드 할 때 잔뜩 긴장한 채 손까지 떨어가며 완료 버튼을 눌렀다.

2021년에 유치부와 초등학교 저학년 전문으로 파닉스와 영어원서 읽기를 하는 영어 공부방은 흔하지 않았다. 남들보다 조금 빠르게 시작한 유치, 초저 타겟 브랜드인 액트영은 공지를 업로드한 금요일 당일에 60명의 신청자를 받는 신기록을 세웠다. 덕분에 입에 침이 마르며 빙빙 도는 두통에 시달릴 만큼 하루에 10시간씩 전화 상담을 하게 되었다.

많은 학부모와 통화해, 1대1 체험 수업 일정을 잡고, 그 수업을 통해 만나게 된 아이들 대부분과 함께 수업을 하는 행복한 기회까지 얻게 되었다. 1대1 체험 수업을 신청했던 친구들 모두의 성향, 학습 태도를 메모해 아이가 힘들 수 있는 부분을 더욱 상세히 보아가며 수업을 하고 학부모 상담까지 이어나갔다.

아이들을 향한 나의 진심은 통했다. 학생들의 마음관리뿐만 아니라 내가 가르칠 수 있는 영역에서 벗어날 때가 되면 넓은 세상을 나갈 수 있는 용기까지 주는 선생님으로 인정받기도 했다. 점차 늘어가는 학생들의 안전한 학습처를 제공하고 싶었던 나는 기존의 공간이었던 집에서 나와 공부방 공간을 마련하게 되는 확장의 영광까지 누리게 된다.

뿐만 아니라, 끊임없이 도전하는 나에 대한 학부모들의 굳은 믿음

다시, 시작하는 여성들

덕분에 '유치, 초등 영어전문'이라는 명패를 걸고 꾸준히 성장해온 액트영은 2024년 4월, 설립 4년 만에 액트영 연구소를 세우며 마침 내 프랜차이즈 기업으로 거듭났다.

액트영 로고를 만들며 프랜차이즈 기업이 되겠다는 꿈을 외치던 시간을 보상받듯, 어느새 액트영 3호점 오픈을 준비하는 기쁨을 맞 이하게 되었다.

엄마는 여성 기업가(CEO)

엄마 여성 기업가는 대한민국에서 점차적으로 늘어나고 있는 중요 한 사회적 집단이다. 가정과 사업 운영을 동시에 해야 하는 어려움 을 겪으며, 그럼에도 불구하고 다양한 분야에서 혁신적인 사고와 사 업 성과를 인정받고 있다. 엄마로서의 역할과 CEO로서의 역할을 함께 수행하는 여성 기업가들은 더 큰 성과를 이루기 위해 노력하고 있다.

하나의 브랜드를 가진 공부방도 기업이라 생각한 남들과 다른 나 였다. 나만의 특별한 사업 아이템을 가진 여성 기업가가 되기 위해 다양한 일을 하겠다며 굳이 힘든 길을 가고 있는 나의 모습은 주변 사람들에게 그리 반갑지 않았을 것이다.

하지만 코로나19 사태부터 지금까지 배움의 손을 놓지 않고 배운 덕분에 새롭게 깨어 있던 나의 마인드를 펼칠 수 있는 현재의 액트 영은 나에게 너무나 소중하다.

큰 결과로 보여 준 일이 아닐지라도 꾸준했던 기업형 운영방식에 나만이 할 수 있는 특별한 따뜻함 한 스푼을 얹은 계획까지 더한 지금까지의 나와 인연을 맺은 학부모들과 학생들은 모두 행복하게 액트영을 다녔을 것이라 믿고 있다.

지난 공저 도서인 《씽크 빅, 액트 나우!》 출간 기념회에서 받은 질문이 문득 떠오른다.

"어떻게 액트영을 자식에게 물려줄 생각을 하게 되셨나요?"

그 당시 너무 긴장한 탓인지 정확한 답이 떠오르진 않지만, 자식에게 물려 줄 생각을 해야 내가 액트영을 끝까지 이끌어 더 크게 만들 수 있을 것 같다고 한 듯하다. 그래야 더 열심히 나에게 또 다른 어려움과 도전이 다가와도 맞서 싸워 이길 수 있을 것이라 생각했다.

이 소중한 기업인 액트영을 물려 주고 싶게 만든 건 나의 딸이었다. 액트영의 탄생부터 버텨낸 고난으로 이루어 낸 지금의 성장 모습을 뚜렷하게 보고 자란 나의 첫째 아이인 딸은 내가 만든 프로그램마다 모두 적극적으로 참여했기 때문이다.

다시, 시작하는 여성들

액트영이 상표출원을 하던 날, 나는 아이들에게 엄마 여성 기업가가 되겠다고 선언했다.

여성 기업가이지만 엄마로서 자식들이 엄마를 존경한다 말해 주었을 때 엄마는 가장 힘이 난다. 지금의 엄마가 멋지다고, 엄마의 액트영이 좋다고 말해 줄 때 엄마 여성 기업가로 아이들의 눈에 비친 빛나는 나를 발견했다.

더 나은 모습을 아이들에게 보이기 위해 P.I.프로그램에 참여했으며, 자기주도적여성기업가협회에서 총괄기획이사를 맡은 후 부회장으로 선출되어 다양한 여성기업과 협업을 통해 액트영을 널리 알렸다. 또한, 한국서비스인력개발학회에서 교육이사로 발탁되었고, 2023년에는 '올해를 빛낸 여성 기업가'로 선정되는 영예를 안았다. 이어 2024년에는 고객만족브랜드진흥원이 주관하는 '고객만족 우수 브랜드 대상' 영어교육부문에서 수상을, 한국여성리더십연구소에서 주관한 '대한민국여성리더' 교육전문가 부문에서 수상하였다.

누구든 여성 기업가가 될 수 있다

빛나는 다이아몬드 같은 당신 임에도 두려움의 검은 커튼으로 가리고 있다면 지금, 던질 때다.

오로지 당신만이 이 선택을 할 수 있다. 대신 화려함 속의 어두운 민낯의 모습에 놀라 그 검은 커튼 속으로 다시 숨지 않겠다는 수도 없는 다짐을 약속해야 한다.

남들이 뭐라 해도 자신의 가능성을 믿고, 도전해보자.

실패한 자가 패배한 것이 아니라 포기한 자가 패배한 것이니 미련이 남은 일이라면 후회할지라도 다른 방법으로 몇 번이고 시도하면 꼭 성공하게 될 것이다.

스스로 터득했던 방식에 흔들리지 않고 내가 만든 길을 가기 위해 나만의 올바른 목적을 지켜내려고 노력한다면 당신은 분명 대단한 여성 기업가가 될 것이다.

이미 여성 기업가들은 다양한 분야에서 활동하며, 그들의 기업은 국내 경제에 기여하고 있다. 가정과 사업을 동시에 관리하며 성공적인 리더로서 활약하는 모습으로 매우 영감을 주는 일을 하게 되는 여성 기업가들은 자신의 열정과 노력을 통해 성공을 이뤄낼 수 있으며, 지속적인 지원과 네트워킹을 통해 더 큰 성과를 이루려 노력한다는 걸 기억하자.

액트영의 대표이자, 엄마 여성 기업가들 중 한 사람으로서 이 글을 보고 있는 당신에게 도전하는 것을 두려워하지 말라고 큰 소리로 말하고 싶다. 당신의 성공을 기대하는 한 사람으로 이 자리를 지키며 응원하겠노라고.

다시, 시작하는 여성들

"당신이 할 수 없다고 믿든, 할 수 있다고 믿든,

믿는대로 될 것이다."

- 헨리포드-

저자 남승화

프로 N잡러를 꿈꾸는 영어 강사이자 패션 디자이너이다. 교육학과 영어교육 학사를 취득하고, 영미문학교육 석사 과정을 수료하였다. 리사이클 의류 디자이너 양성 과정과 전통 자수 기본 과정 등을 이수하였다. 현재는 40개월 된 아들을 키우는 엄마로서 육아를 하는 한편, 지역 사회의 복합 문화 공간에서 다양한 연령층을 위한 영어 강의를 하며, 전통의 미를 살린 패션 아이템을 친환경적인 방식으로 제작하고 있다.

홈페이지 | www.vvaatteett.com

느리더라도 한 걸음씩 나아가자

나의 소로(小路)를 만들며,

남승화

말 잘 듣던 첫째 딸, 나만의 길을 가기로 결심하다

●

매일 바깥에 나가 놀아서 피부가 까무잡잡했던 어린 시절의 나는 말괄량이면서도 말 잘 듣는 아이였지만, 한 아이의 엄마가 된 지금은 그 누구보다도 내가 원하는 대로 '알록달록'하게 경력을 만들고 이어나가고 있다. 이 자리까지 오기까지도 쉽지 않은 여정이었고, 아직도 그 여정은 끝나지 않고 지속될 것 같다. 그 까닭을 설명하자면, 나의 어린 시절 이야기부터 하나씩 하나씩 꺼내놓아야 한다.

시골 마을 꼬마가 도시의 미운 오리 새끼가 된 사연

아주 어렸을 때부터 나는 하고 싶은 일도 많았고 꿈도 다양했던 아이였다. 어릴 때 장래희망은 화가, 사회사업가, 외교관, 소설가, 대통령 심지어는 개그우먼까지… 자연을 가까이하며 신나게 놀며 자유로운 환경에서 자랐다. 수목원 바로 앞의, 예쁜 연꽃이 가득 핀 연

다시, 시작하는 여성들

못이 있는 숲속 유치원을 다녔고, 주말과 방학마다 전국 방방곡곡으로 가족과 함께 여행을 다니며 다양한 추억을 쌓았다.

나보다 두 살 어린 남동생은 어릴 때 몸이 약했다. 태어나자마자 탈장으로 수술을 받아야 했으며, 천식 때문에 폐가 약해서 부모님은 늘 동생을 더 신경 쓸 수밖에 없었다. 어린 시절 숲과 가까운 동네에서 살았던 것도 동생이 건강해지길 바라서였다. 부모님의 바람대로 점점 건강해진 동생은 완전히 개구쟁이로 변해갔는데, 밖에서 뛰어놀다가도 집에 오면 책을 손에서 놓지 않는 책벌레이기도 했다.

그런데 내가 11살에서 12살로 한 살을 더 먹던 무렵의 어느 날, 동생과 함께 서울 강남의 교육열이 가장 뜨거운 학교로 전학을 갔다. 부모님이 나와 동생의 교육에 조금이라도 도움이 될까 싶어 빠듯한 살림에도 불구하고 이사를 단행하셨기 때문이다. 친정엄마를 아주 살뜰히 챙기시는 작은 이모는, 교육열이 아주 강한 '강남 학부모'였다. 그러한 이모의 교육열을 이종사촌 언니와 동생들이 잘 따라주어 우등생으로 우리가 전학 간 동네의 학교를 다니고 있었다. 엄마가 '비슷한 또래의 나와 동생도 같은 동네에서 키우면 아이들의 앞길에 좋지 않겠느냐'는 이모의 추천에 설득된 것이다.

새로 이사를 간 동네는 지금까지 살았던 곳의 분위기와 아주 다른 동네였다. 경제적인 형편이 넉넉한 가정의 아이들과 그렇지 못한 아이들로 나뉘어 소그룹이 형성되기도 했고, 친구들은 방학 때 학원에 다녀야 한다며 놀이터에서 놀 시간이 없다고 했다. 다행히도 동생과 나는 전학을 간 후, 한 학기 만에 반장을 맡는 등 잘 적응을 했다. 6학년 마지막 학기까지 걸스카우트로 캠핑 등을 다니며 별다른 스트레스 없이 즐겁게 지냈다. 그러나 초등학교를 졸업하고 중학교에 입학할 때는 또 다른 예상치 못한 세계가 펼쳐졌다.

친구들은 중학교에 들어가기 전 겨울 방학부터 의사나 변호사가 되고 싶다며 밤늦게까지 학원을 다니며 공부를 하는데, 나는 왠지 그렇게 하고 싶지가 않았다. 부모님도 강남으로 이사를 한 후에도 딱히 공부를 강요하지는 않으셨다. 한번은 수업 발표 시간 중에 커서 패션 에디터가 되고 싶다고 한 적이 있었다. 용돈이 생기면 청소년들이 읽는 패션잡지를 사서 모으고 스크랩하는 게 재미있었기 때문이었다. 하지만 나의 발표를 듣고 선생님은 박봉에 대우도 못 받고 힘든 직업이라고 했고, 친구들은 깔깔 웃으며 놀리기까지 했다.

내가 잘못 말한 걸까? 나만 이상한 아이인가? 하는 생각까지 들었다. 그 무렵 집안 사정이 급격하게 어려워져 화기애애하던 우리 가족의 모습이 회색빛으로 변해버렸다. 나는 나 대로 중2병에 걸려 혹독한 정신적 사춘기를 겪으면서 방황하게 되었고, 매 학기 반장 도맡아 할 정도로 적극적이고 자신감 넘치던 성격에서, 소극적이고 자신감 없는 성격으로 바뀌었다.

  집안 사정을 잘 모르고 한없이 해맑던 동생은, 나와 같은 중학교에 입학한 후 전교 등수가 나오는 성적을 받고 학교 선생님과 일가친척들의 주목을 받았다. 각종 사교육과 선행학습이 만연한 강남의 학교에서, 대충대충 공부하는 것처럼 보이는 아이가 꾸준히 좋은 성적을 받았기 때문이다. 이종사촌 언니는 우리나라에서 제일가는 외고에 합격했고, 사촌 동생 역시 나와 같은 학교에서 전교 등수를 받는 학생이었다. 여러모로 기가 죽은 나는 그 많던 장래희망과 꿈도 하나둘 잃어버렸다. 이런 나의 마음에 대한 글을 적어 당시 자주 들었던 한 라디오 프로그램에 보냈더니, 사연으로 채택이 되었다. DJ는 나의 신청곡까지 틀어주었다. 박정현의 '미운 오리 새끼'라는 곡이었다.

그저 한 마리 오리가 되고 싶었던 학창시절

  학생으로서 최소한의 주어진 공부를 하긴 했지만, 무슨 동기나 이유가 있어서는 아니고 그냥 친구들을 따라 어른들이 하라니까 하는 아이로 변했다. 그저 혼나지 않기 위해 말 잘 듣는 아이가 되어야 한 다고만 생각했던 학창 시절 나는, 선생님들이 복장 규범을 준수한 예시로 보여 주기 위해 교문 앞에 세워 두는 그런 학생이었다. 사촌 형제들과 친동생에게 질투와 시샘을 느껴 몰래 그들의 공부 방법을 따라 해 보니 나도 성적이 많이 올랐다. 공부법에 관련한 책을 찾아 보기도 하고, 좋은 학교에 입학한 대학생 언니 오빠들의 합격 수기 를 읽어보기도 했다.

그 덕분에 대체로 상위권 성적을 유지할 수 있었다. 하지만 주변에 너무나 뛰어난 아이들이 많았기에 선생님들과 부모님의 관심에서는 자연스레 약간은 벗어난 채 지냈다. 그러다가 다행히도 좋으신 수학 선생님을 만나, 포기하려 했던 수학 과목은 물론 공부하는 태도까지 도 지도받게 되어 고등학교 마지막 시기에는 전국 최상위권으로까 지 성적을 올릴 수 있었다. 그러나 밤낮이 뒤바뀐 채 공부하는 습관 을 끝내 고치지 못했고, 극도로 긴장한 탓에 잠이 오는 약을 먹고서 도 밤을 꼴딱 새우고 한숨도 못 잔 채로 시험장에 가게 되었다.

비몽사몽하며 수능 시험을 치고 나서는 의지가 모두 꺾여버려, 그 냥 현재 성적에 만족하라는 부모님의 조언에 따라 일찌감치 재수를 포기하고 대충 점수에 맞춰 대학에 들어갔다. 그런데 막상 대학을 다니기 시작하니, SKY에 다니는 친구들이 부럽기만 했다. 이런 마음은 밤을 지새우며 공부하는 등의 잘못된 습관을 고치지 못해서 대학입시를 망쳤다는 '자책감'과 재수를 위해 부모님을 설득해보려 시도조차 하지 않았다는 '후회'가 되어 나를 괴롭혔고, 20대 초 신나기만 해도 아까울 꽃같은 시절을 그렇게 보냈다. 번민 속에 뒹구는 나를 지켜보던 아버지가 나 대신 단호하게 결단을 내려 주셨고, 원하는 대학으로 편입하기 위해 약 10개월간 수험 생활을 시작했다.

새(?)옹지마의 교훈

어떤 마법에라도 걸린 듯 10개월의 수험 기간 중에는 이상하리 만치 마음이 편했고, 결과에 연연하지 말자는 생각이 반복적으로 들었다. 후회로 보낸 몇 년간의 시간을 뒤로하고 앞으로 나아가기 위해 준비를 하고 있다는 사실 자체가 스스로에게 위안이 되었기 때문일 것이다. 점심 도시락과 같은 소소한 것들에 즐거움을 느끼고, 단어장 암기나 오답 노트 작성과 같은 기본적인 공부와 반복 학습에 하루하루 충실한 결과, 48대 1의 경쟁률을 뚫고 그토록 꿈꾸고 원하던 학교에 입학할 수 있었다. 너무나 눈부셨던 22살의 봄이었다.

시험을 준비하던 시절에는 그 학교의 학생이 되면 행복한 미래만 펼쳐질 줄 알았다. 하지만 그것은 또 다른 인생의 시작일 뿐이었다.

당시의 나는 단순히 '직업선호도 1위인 교사가 되면 왠지 나도 만족할 수 있지 않을까.' 하는 막연한 생각에 사범대학에 진학했다. TV에는 종종 '경단녀'들의 사연이 나오곤 했는데, 어린 내가 보기에도 왠지 그들이 힘들어 보였다. 출산 등의 이유로 일을 못 하는 상황이 생겨도 자유로운 육아 휴직과 복직이 가능한 교사가 되어 커리어를 안정적으로 유지하고 싶다는 생각이 자연스레 들었다. 그때 나는 '정석'과 같은 인생의 루트가 존재한다고 생각했고, 그걸 대부분의 사람이 하는 대로 '제때'에 따라가야만 성공적인 삶이라고 착각하고 있었다. 이전에 다녔던 대학에서 교직 이수를 했었기에, 잠시라도 공부했었던 분야이니 약간의 친숙함이 있었기도 했다.

어쨌든 원하던 대학에서 교육학과 영어교육을 전공하게 되었다는 첫 학기의 설렘은 잠시, 원어민처럼 자유자재로 영어를 구사하며 전공을 공부하는 우수한 학우들이 너무 많았다. 거의 모든 과목이 영어 강의로 진행이 되었다. 한국말로도 어려운 전공 내용을 영어로 시험을 보고 레포트를 쓰고 토론을 해야 했다. 중간/기말고사뿐만 아니라 학기 내내 과제와 시험이 있었고, 늘 긴장해야 했다. 나에게는 점점 학우들 사이에서 뒤처지면 안 된다는 왠지 모를 불안감이 생겨났다. 남들보다 늦게 학교에 들어왔기에, 조금이라도 못하는 모습을 보이면 나의 자존심에 큰 상처를 입을 것 같았다.

다시, 시작하는 여성들

당시 동생은 국내 최고의 외고를 졸업하고 나와 같은 대학의 경영학과에 4년 장학생으로 입학하여 재학 중이었는데, 올 A+이라는 성적을 받곤 해서 나와는 또 한 번 자연스러운 비교 대상이 되어 무의식적인 스트레스가 되었다. 이를 극복하고자 영어 점수, 해외 인턴십, 교환학생 프로그램, 자격증 등 각종 스펙을 쌓기 시작했다. 목표달성 후 예쁜 옷만 골라 입고 사람들이 많은 곳을 '순례'하며 으쓱해 보던 즐거움도 잠시. 머리부터 발끝까지 검은 모자를 눌러쓰고, 검은 추리닝 차림으로 다시 도서관 구석에 하루 종일 틀어박혀 살았다.

알을 깨고 나와 만난 세계와 부러져버린 날개

가장 친했던 친구가 캐나다로 어학연수를 떠난 학기에, 나는 한국에서 나만의 어학연수를 시작했다. 약 3개월간 고시생처럼 영어 스피킹과 라이팅 집중 훈련을 하면서, 장학금을 받고 해외에서 공부할 수 있는 각종 프로그램을 찾아보기 시작했다. 장학생으로 선발되기 위한 공인 영어 성적을 확보함과 동시에, 나만의 학업 계획서를 발표자료로 만들어 인터뷰 심사도 준비했다. 이 시기 즈음 우리나라의 한 고등학교에서 영어 공부에 어려움을 겪는 학생들을 위해 소규모지도를 해주는 봉사활동을 했다. 베이커리와 헬스장에서 아르바이트를 해보기도 했다.

아이러니하게도 불안감과 스트레스에 대처하려 긍정적인 방향으로 노력한 덕분에 정부 지원 프로그램의 장학생으로 핀란드와 미국으로 교환학생과 해외 연수를 다녀오는 기회를 잡을 수 있었다. 교육 선진국인 핀란드에서는 교환학생으로서 ICT 활용 수업 등을 수강하며 다양한 국가에서 온 학생들과 공부할 수 있는 시간을 가졌다. 핀란드의 유치원과 초등학교를 현장을 방문하여 참관할 기회도 있었다. 미국에서는 공립 중학교에서 작문과 컴퓨터 수업의 인턴 교사로 학생들을 지도했다. 길지 않은 기간이었지만 세상을 바라보는 시각을 넓힐 수 있었던 소중한 경험이었다.

그 당시의 나는 자신감으로 충만해 있었고 노력만 한다면 못 이루어 낼 목표는 없다고 믿고 있었다. 한국에 돌아온 후에는 학과 시험에서 1등을 하거나 각종 장학금을 받기도 했다. 대학 4학년 무렵부터 임용 고사를 준비하는 한편, 학부를 졸업한 이후에는 교수님의 추천으로 바로 대학원에 진학하여 석사 공부를 했다. 석사를 마치기 전에 교사가 되어 학교에서 논문을 쓰며 영어를 가르치다가 국비 장학생으로 박사 유학을 다녀오고, 교수가 되겠다는 아주 야심 차고 거창한 계획도 세웠다. 학비에 조금이라도 보태고 싶어 연구실 조교 일과 영어 강사 일까지… 힘들기는 했지만 귀중한 경험이었다. 영어 교육 연구소에서 약 2년간 교사 연수 프로젝트를 담당하며 다양한

다시, 시작하는 여성들

문서나 자료를 만들고 강사진을 관리해 볼 수 있었던 것도 이때였다.

대학원을 다니면서 학원과 개인 과외 등 다양한 환경에서 다양한 학생들에게 영어를 가르쳤을 때는, 그들에게 필요한 게 무엇인지 다양한 사람들의 니즈를 파악할 기회가 생겼다. 학생들이나 학부모님들과 교류하는 방법과 커리큘럼 구성, 학원 운영, 홍보 등에 대해서도 배울 수 있었다. 학습 코칭 자격증을 취득하여 교육 상담을 위한 자료를 만들고 진학 컨설팅을 하는 일도 했다. 가끔은 내가 강의하는 학원을 위해 새로운 강사진을 섭외하는 업무도 했다. 그러면서 턱 끝까지 숨이 차도록 힘들어도 스스로가 정해 놓은 과제들을 꾸역꾸역 해 나갔다. 짧디짧은 식견으로 지어놓은 나만의 세상의 틀 속에서 과욕을 부릴 수 있는 대로 한껏 다 부렸다. 목표를 이루기 위해 분 단위로 빽빽하게 짜여진 생활을 지속했다.

그러다가 몸과 마음에 '번-아웃'이 크게 왔다. 지금 돌이켜보면 당연한 결과였다. 길을 걷다가 갑자기 숨이 안 쉬어져 쓰러질 뻔하거나, 갑작스러운 복통으로 구급차에 실려 간 적도 여러 번 있었다. 도서관에 앉아 책을 펴고 공부를 하고 있으면 심장이 너무 빨리 뛰고 눈물이 계속 나왔다. 달려도 달려도 끝나지 않을 이 경주를 언제 끝낼 수 있을까 하는 막막함 때문이었다. 이대로는 죽을 수도 있겠다는 공포감이 낮이고 밤이고 밀려와, 모든 것을 내려놓고 쉬는 수밖에 나를 낫게 할 방법은 없었다. 쉬면서 마음을 가다듬으며 조급한 마음을 버리고 자책하지 말자고 수도 없이 다짐했지만, 그 이후도 한동안은 내가 지켜야 할 시간표와 선로를 이탈해 버렸다는 생각의 늪에 빠져 허우적대며 지냈다.

데미안의 아프락시스

아무리 희망적인 책을 읽고 노래를 들어도 냉소로 반응하기 시작했을 무렵, 문득 '내가 느끼는 허무감과 우울감은 내가 혼자 컨트롤할 수 있는 수준이 아니구나' 하는 깨달음이 스쳐 지나갔다. 꽤 오랜 기간 가지 않았던 성당에 다시 다녀야겠다는 생각이 나도 모르게 들었다. 어느 날 미사를 드리다가 우연히 한 수녀님이 주보에 쓰신 글이 눈에 들어왔는데, 힘든 시간을 보내고 있는 사람들을 위해 상담을 해주신다는 내용이었다. 심리 상담을 전공한 박사이기도 한 그 수녀님을 만나 그동안 내가 살아온 이야기를 들려드렸다. 수녀님은 나와 같은 스트레스로 힘들어하는 젊은이들이 많으며, 현재 내가 겪고 있는 어려움은 내가 그동안 그 누구보다도 치열하게 살아온 증거라고 하셨다. 여러 차례 수녀님과의 상담을 통해 공부만이 유일한 나의 길은 아니고, 내 존재를 증명할 방법도 아님을 알게 되었다. 그런데 아이러니하게도 그 시기를 지나며 가치관의 혼란을 심하게 겪

다시, 시작하는 여성들

었다. 약 10년간 목표를 세우고 그 목표를 달성하기 위해 달리던 생활에만 익숙했는데, 이제 그런 방식을 접으려 하니 약간은 생각의 초점이 흐려진 사람처럼 지내게 된 것이다.

우리 엄마는 '늪에 빠진 나'를 꺼내 살리려 하신 걸까? 엄마는 내가 대학원에 입학할 무렵부터 작은 사업을 시작하셨는데, 종종 해외를 나가시기도 했다. 내가 심리적으로 힘들어하고 있을 무렵 그 사업이 성장하여 한두 달에 한 번으로 출장이 잦아졌다. 엄마는 집에만 있지 말고 당신의 통·번역 비서로 일해 달라며 해외 출장길에 데리고 다니시기 시작하셨다. 친정 사업을 도울 때는, 다양한 비즈니스 자료들을 번역하고 사업 파트너들 사이에서 통역을 하면서 사업에 대한 개념을 무의식중에 습득할 수 있었던 것 같다. 무엇보다도 국내외에서 다양한 비즈니스를 하는 분들을 만날 수 있었다. 정형화된 울타리 안에서만 있다가 세상 밖으로 나와 다양한 배경과 경험을 가진 분들과 교류하면서, '내가 할 수 있는 일과 커리어는 얼마든지 창의적으로 스스로 만들어 갈 수 있겠다.'라고 인식의 전환을 하게 되었다. 덕분에 무기력에서 벗어나 소소하게 외주 번역과 과외 일도 조금씩 다시 할 수가 있었다.

그 무렵 외모도 생각도 나와 비슷하게 느껴지는 한 남자를 만났고,

남들처럼 연애를 한 후 결혼의 인연을 맺기로 했다. 알맞은 날에 많은 이들의 축복과 부러움 속에 결혼식을 치렀지만, 왠지 나도 모르게 마음 한편의 아쉬움이 가시질 않았다. 결혼 전 나만의 커리어를 탄탄하게 만들어 놓지 못했다는 불안한 생각이 계속 머릿속에 맴돌았다. 그래도 이 정도면 감사해야 한다고 스스로를 달래며 하와이로 신혼여행을 떠났다. 그러나 귀국 직후 코로나19 팬데믹이 시작되었다. 갑작스레 영어 과외 일은 물론, 한 달에 한 번 해외를 오가며 적극적으로 돕던 어머니 사업 관련 일까지 모든 활동을 완전히 중단하게 되었다.

그 외에도 나와 우리 가족에게 차마 한두 줄의 말로는 다 끝내지 못할 충격과 고통이 한꺼번에 발생했다. 그동안 내가 알지 못했던 더럽고 추악한, 세상의 감춰진 모습을 마주하게 되고는 종종 했던 번역일까지 손에서 다 놓게 되었다. 심장은 터질 듯 아팠고 머릿속은 어지러웠다.

새로운 날개를 달아 줄 천사와의 만남

다행히도 그 시기에 나에게 찾아온 아기는 빛과 희망이 되어주었다. 그 소중한 희망의 줄을 잡고 벼랑 끝에 매달려 간신이 버티며 살수가 있었다. 임신했을 즈음, 마침 모든 일이 자연스레 정리된 것이

다시, 시작하는 여성들

오히려 다행이라는 생각을 하며 나를 달랬다. 남들은 모르는 나의 마음고생을 털어놓을 사람은 동생뿐이었다. 철이 든 동생도 자신의 미래를 준비하며 이런저런 어려움을 감내하고 있었지만, 기꺼이 누나의 든든한 버팀목이 되어주었다.

임신 기간 10개월 동안에는 어떻게든 커리어를 이어나가기 위해 나름대로 할 수 있는 노력을 했다. 당장 다시 밖으로 나가 돌아다니며 활동을 하고 싶은 마음도 컸지만, 혹여 내가 코로나19에 걸린다면 뱃속의 아기까지 아플까 염려되어 집 안에만 머무를 수밖에 없었다. 요리와 청소와 같은 가사 일을 하며 남는 시간에 다시 영어 공부를 시작하고, 번역일과 재택 강사 자리 등을 알아보기도 했다.

대학원 이후 번-아웃과 무기력 등으로 인해 사실상 근근이 이어나가던 사회적 삶이, 팬데믹과 출산, 육아 등으로 인해 완전히 단절되어 버릴까 불안했기 때문에, 임신 기간 중에 조금이라도 미리 준비해 놔야겠다 생각했다.

가족 및 친구 등 지인들은 대부분은 내가 속으로 끙끙 앓고 있는 사정을 모르고, 내가 출산 후에도 이대로 전업 가정주부가 되어 아기를 키우고 내조를 하는 편이 오히려 좋겠다고 했다. 그럴 때마다

'말 잘 듣는 아이였던 어렸을 때처럼 이번에도 정말 내가 다른 사람들이 좋다는 대로만 하면 괜찮을까?'라며 스스로에게 묻기도 했다. 하지만 이번에는 달랐다. 결코, 마음이 편하지가 않았다. 사실 나는, 한편으로는 어른이 되어서도 말 잘 듣는 딸이자 아내, 며느리이고 싶기도 했다. 그래서 '그 사람'의 말대로 나만 마음을 누르고 입을 막으면 모두가 편하고 행복하지 않을까 생각한 적도 있었다. 그럼에도 불구하고 집 밖의 세상으로 나가 다시 아름다운 것들을 보고 느끼며, 내가 할 수 있는 사회적인 역할을 담당하는 당당한 한 사람이 되고자 하는 마음의 불씨는 아무리 밟아도 계속 살아났다.

그런 나 자신을 있는 그대로 받아들이는 수밖에 나을 방법은 없다는 사실을 깨닫고 굳은 결심을 한 뒤 지 얼마 지나지 않아 뱃속의 아기가 세상에 나오고 싶다는 신호를 보냈다. 먹고 있던 저녁 식사를 채 마치지도 못하고 급하게 향한 분만실에서 24시간 진통 후, 긴급 제왕수술로 아기를 출산하게 되었다. 차가운 수술대 위에서 손과 발이 묶인 채 나도 모르게 계속 '엄마'를 불렀다. 의식이 없는 와중에도 아기가 배에서 나와 처음 터뜨리는 울음소리를 들었고, 그렇게 나는 우리 엄마가 사경을 헤매며 나를 낳았을 때처럼 꿈인지 현실인지 모르는 상황에서 엄마가 되었다. 엄마가 되자마자 수술 후 회복과 산후조리 기간 동안 내가 입원해 있는 건물에서 코로나19 확진

다시, 시작하는 여성들

자가 발생하여, 병원 전체가 폐쇄되어 간호사 1명, 의사 1명과 함께 고립되는 경험부터 했다. 난방이 잘되지 않는 방에서 모유 수유를 하다가 산후풍이 들어 온몸을 망치로 두드려 맞는 듯 아프고 뼛속이 시린 경험도 했다.

Fall to fly

그것을 시작으로 지금까지와는 완전히 다른 새로운 삶이 펼쳐졌다. '번-아웃 경험'과 코로나19 등 그동안 예상치 못했던 일들을 많이 겪었다고 생각했는데, 육아는 하루하루가 예상 밖 일들의 연속이었다. '먹이고 씻기고 치우고 재우고 웃기고 달래고'의 반복 또 반복… 나의 배 속에서 갈비뼈가 아플 정도로 태동을 하던 아기는, 태어나서도 생명력과 힘이 남달랐다. 배가 고프면 까치처럼 '까악까악' 입을 벌리고 우는 아이에게 밤낮없이 수유하고는, 제대로 잘 시간도 없어 피로에 절어 시체처럼 힘없이 지내게 되었어도, 나를 통해 세상에 온 이 생명만은 잘 보살피고 싶다는 책임감이 하루하루 커져갔다.

아기를 낳은 후 1년 반 정도는 산후풍 때문에 성치 않은 몸으로 아기를 돌보고 가정주부로서 내가 해야 할 일을 하느라 모든 에너지를 온전히 쏟아부어야 했기에, 커리어를 위한 적극적 활동을 할 수 있는 상태가 전혀 아니었다. 더욱이 새로 무언가를 시작할 자신감마저 점점 잃어버리고 있었다. 그 시기에 직장에서 퇴직하신 아버지가 매일 신혼집에 오셔서 아기와 놀아주시고 나와 함께 유모차를 끌고 산책을 해주셨다. 엄마도 자주 집에 오셔서 육아와 가사 일을 도와주셨다.

그 와중에 마음속의 불씨를 꺼트리지 않기 위해, 아기가 잘 때나 부모님께서 아기를 봐주실 때, 내가 앞으로 어떤 일을 할 수 있을지 자료를 찾고 일일이 프린트해서 스크랩을 하고 밑줄을 그어가며 읽었다. 나와 비슷한 상황에서 자신의 커리어를 이가는 이들의 이야기를 틈틈이 찾아보기도 했다. 아기를 낳기 전에도 힘든 일이 있을 때마다 정보를 찾고 책을 읽으며 의지를 다지고 위안을 받았던 기억을 떠올랐기 때문이다.

그러면서 복잡했던 머릿속을 조금씩 정리해 나갈 수 있었다. 너무나 많은 선택지 중에서 다시 나의 경력을 시작하기 위해선 '내가 어린 시절부터 꾸준히 순수한 마음으로 좋아했던 게 무엇인지부터 떠올려 봐야겠다.'라는 생각이 들었다. 대학원까지 다니며 쌓았던 지식과 경험들이 아깝다는 생각도 들었지만, 이전에 영어교육을 전공하고 가르칠 때 느꼈던 심신의 '소진'이 떠올랐다. 앞으로는 지치지 않고 지속적으로 커리어를 만들어 나가기 위해, 내가 진정으로 좋아하는 것을 직업으로 삼으면 도움이 되지 않을까 하는 막연한 생각도 들었다. 그것은 바로 예쁜 옷과 가방 같은 의류를 다루는 '패션'이었다. 나의 부모님처럼 성실하고 부지런히 일하여, 내가 낳은 아이가 밝고 건강하게 자랄 수 있도록 포근하고 안전한 둥지를, 느리더라도 튼튼하게 스스로의 힘으로 지어가고 싶어 내린 결정이었다. 그 이후로 나는 둥지 속 아기새와의 비행을 준비하는 지혜로운 어미새가 되겠노라 수도 없이 다짐하곤 했다.

나의 소로(小路)를 만들며, 느리더라도 한 걸음씩 나아가자_남승화

패션 비즈니스를 하는 영어 강사가 되다

그냥 나는… 예쁜 옷이 좋아

어린 시절부터 내가 좋아하는 '패션'에 대한 첫 기억은 다섯 살 때부터 시작한다. 목욕탕에서 얌전하게 있으면 '핑크색 핸드백'을 사 주겠다는 엄마의 말에, 때밀이 수건이 까슬거리고 아파도 참고 때를 밀었던 추억이다. 초등학교 1학년 때는 마음에 드는 옷을 동네의 한 옷가게에서 발견하고는 꼭 갖고 싶다며 가게 앞에 드러누워 아예 농성까지 벌인 적도 있다. 앞의 이야기에서 잠깐 언급했듯, 중학생이 된 이후로는 용돈이 생길 때마다 패션잡지를 사 모으고 스크랩을 했

다시, 시작하는 여성들

다. 국내 잡지뿐만 아니라, 미국, 일본, 이탈리아와 같은 외국의 패션잡지까지도 사 모았다. 인터넷으로 패션 콘텐츠를 찾아보는 것도 하루를 시작하고 끝낼 때 일종의 의식처럼 하는 습관이었다.

프로 N잡러 여정의 시작

이런 나의 오랜 취미를 바탕으로 직업을 가지게 된다면 좋겠다는 생각이 막연하게 들기 시작했다. 향후 약 20년간 아이를 키워야 했기에 유연한 업무환경이 무엇보다도 중요했고, 그때까지 패션 분야에서는 쌓아온 경력이 전무했기에, 취직을 할 수는 없었다. 그래서 자연스럽게 창업을 계획하게 되었다. 패션 관련 사업에는 어떤 것이 있는지 다양한 온·오프라인 강의를 수강하며 탐색에만 집중하는 시간이 약 6개월간 있었다. 돌이 갓 지난 아기를 친정 부모님께 잠깐씩 맡기고 새로운 분야에 대해 알아가기 위한 오랜만의 공부에 나도 모르게 즐거운 마음이 들었다.

그럼에도 불구하고 어려운 점들이 없었던 건 아니다. 우선은 패션에 대해 기초부터 배워야 했다. 다른 사람들이 제작해 놓은 옷을 도매로 사서 소매로 판매하는 형태의 패션 쇼핑몰 창업에 대해서도 정보를 수집하고 직접 수차례 탐방을 해보며 검토해 보았지만, 이미 레드오션인 시장에서 후발주자로서 경쟁력을 갖추기는 힘들 것 같았다. 나만의 차별화된 아이템을 직접 만드는 것이 비록 시간은 더 걸릴지언정 튼튼한 집 짓기가 되리라고 판단했다. 또한, 옷을 살 때 내가 원하는 스타일이나 소재의 옷들이 많지 않다는 점들이 늘 아쉬웠던 것이 떠올라, 내 맘에 드는 옷을 직접 만든다면, 나와 비슷한 취향을 가진 사람들에게도 호응을 얻을 수 있지 않을까 하는 기대도 있었다.

이러한 이유에서 출발하여, 옷을 만들기 위해선 어떤 절차가 필요한지 인터넷을 샅샅이 뒤지기 시작했다. 여러 업체를 방문하고 상담도 받아봤지만, 그동안 패션상품 제조에 대한 배움과 경험이 전무했던 나에게는 알아들을 수 없는 이야기투성이였다. 책을 통해 배울 수 있는 내용도 한정적이어서 답답할 때가 많았다. 패션 제조를 보조해주는 플랫폼과 업체들을 찾아가 견적을 받아봤지만, 배경 지식이 없는 상태에서는 어떠한 결정을 내리기도 불안하고 어렵게 느껴졌다. 아기가 할머니 할아버지와 놀고 있는 시간이나, 늦은 밤 모두가 잠든 시간에도 정보를 수집하고 시장 조사를 하는 건 육체적으로도 극도로 힘든 일이었다.

나도 모르게 포기하고 싶은 마음이 들 때는 인터넷이나 책을 통해 다른 경력 단절 여성들이 겪었던 어려움과 그들이 이를 어떻게 극복

다시, 시작하는 여성들

해 나갔는지를 수없이 많이 듣고 보고 읽으며 용기를 얻었다. 가장 인상 깊었던 이야기 중 하나는 당시 내가 만족하며 쓰던 육아용품을 만드는 회사 대표의 이야기였다. 그래서 나도 모르게 더 관심을 가지고 반복해서 들었다. 출산 후 대학 전공이나 이전의 경력과는 완전히 다른 일을 새롭게 시작했지만, 자신이 한 다양한 경험을 바탕으로 새로운 길을 조금씩 개척해 나가고 있는 과정 중에 있는 사람이었다. 처음 그 이야기를 들었을 때는 아주 작은 회사였는데, 몇 개월 후 회사 사이트에서 훌쩍 성장한 모습을 확인하고는 더욱 인상이 깊었다.

한 여성 작가의 이야기도 늘 되새기며 희망을 품고자 했다. 갑자기 경력 단절 여성이 되어 기초 생활 수급자로 힘든 생활을 하면서도 틈틈이 자신이 어릴 때 상상으로 만들었던 이야기를 소설로 써서 세계적인 베스트셀러 작가가 된 작가였다. 그녀의 이야기를 반복적으로 듣고 읽으면서는 나의 어린 시절을 떠올리게 되었다. 나도 기꺼이 이 고통의 시간을 감내하여 언젠가는 그녀처럼 영광스럽게 빛나리라 다짐했다.

막다른 골목에서 찾은 작은 문

그 무렵의 어느 날 길을 가다가 옷을 쌓아 놓고 작업을 하고 있는 것 같은 공장이 보여, 뭐라도 한마디 물어보고 싶어 무작정 들어간 곳에서 내 또래의 여자분과 대화를 나눌 기회가 있었다. 봉제 공장 사장님의 딸이었는데, 나와 비슷하게도 패션을 전공하지는 않았지만 어릴 때부터 옷을 좋아했고, 프로그래머로 일하면서 패션 학원을 틈틈이 다녀서 디자이너가 된 케이스였다. 무엇보다 자신이 제작한 아이템으로 브랜드를 런칭하여 다양한 패션 플랫폼에서 판매를 하고 있는 분이었다. 반가운 마음에 이것저것 궁금했던 점들을 두서없이 물어봤는데, 초면인 나에게 너무나 친절하고 상세하게 자신이 경험하고 배웠던 것들을 알려 주었다. 공장 문가에 선 채로 거의 두 시간가량 그분이 해주는 조언과 이야기를 들었다.

다리는 아팠지만, 인터넷 검색만으로 찾기 힘들었던 많은 정보를 들을 수 있어 꾹 참고 귀를 기울였다. 일단은 패션에 대해 가르쳐주는 교육기관이 생각보다 다양하다는 것을 알게 되었다. 단과반, 주말반도 있으며 다른 직업을 가진 사람들도 패션 분야로의 이직을 위해 많이 수강한다는 사실을 알게 되었다. 그분의 조언을 받고 패션에 대해 배울 수 있는 기관들을 서칭하기 시작했다. 나의 경우에는 20대 때 대학원까지 다니면서 너무나 많은 학비를 썼기에, 되도록 비용을 절약하면서 배울 방법이 필요했다. 특히, 육아를 소홀히 할 수 없기에 절대적 시간의 부족도 고려해야 했다.

다시, 시작하는 여성들

스스로 세운 여러 가지 조건들을 고려하여 한 패션직업학교의 주말 단과반에 수강신청을 했다. 내가 스스로 디자인하고 고안한 옷을 작업자가 알아볼 수 있게 도식화하고, 공장에서 제작할 수 있는 문서인 지시서를 작성하는 방법을 가르쳐 주는 수업이었다. 약 3개월 간 강의를 수강하면서 패션 제품 제작에 대해 조금씩 배우기 시작했다. 종강이 다가오던 무렵 우연히 직업학교 복도 벽 한 켠에 붙어 있는 포스터를 보고, 고용노동부의 리사이클 의류 디자이너 양성과정에 대해 알게 되었다. 친환경주의자이신 아버지와 비건인 사촌 오빠의 영향을 받아서인지 나도 모르게 그 내용을 유심히 읽었고, 바로 홈페이지에 들어가보니 다행히도 수강신청 마감 전이었다.

우연의 장난? 예정된 스토리!

부랴부랴 자기소개서를 쓰고 면접을 봤다. 심사위원은 지금껏 해 온 일들과는 너무 다를 텐데 잘 할 수 있겠냐고 압박 질문을 했고, 면접 후에 나는 기가 죽은 나머지, 왠지 탈락할 것 같다고 단념을 하며 나왔다. 그 시기 나는 공공 기관의 한 일자리에도 면접을 봤다. 유아 영어 교육과 관련한 자료를 수집하고 정리하여 부모들에게 무료로 배포하는 것을 지원하는 일이었다. 재택근무를 하는 일이라, 아직 아기가 어려도 충분히 할 수 있는 일이라고 생각했고, 크지 않은 금액이어도 경제적 소득을 얻을 수 있으니 좋겠다 싶었다. 교육 분야 전공자이기에 당연히 합격할 것이라고 자신만만했지만, 지원서에 사소한 오타가 있어 탈락하고 말았다. 그런데 예상과는 다르게 다행히도 의류 디자이너 양성과정에는 선발이 되었다. 지원자가 많아 경쟁률이 상당했지만 별다른 지식이나 경험이 없는 내가 합격을 했다.

만약 유아 영어교육 자료를 만드는 일을 하게 되었다면 한층 더 성장할 수 있는 부분들도 분명 있었겠지만, 그동안 내가 살아온 틀에서 벗어나 새로운 분야를 배울 기회는 당분간 또 미뤄야 했을 것이다. 의류 디자이너 양성과정은 약 5개월간 주 5일 하루 8시간씩 수업을 수강하면서 고용노동부가 제시하는 과제들을 완수해야 했기 때문에, 다른 일과의 병행이 불가했기 때문이다. 이 과정은 전액 정부 지원 과정이었기에 학비 부담이 전혀 없었으며, 차비를 비롯한 용돈까지도 받을 수가 있었다. 마침 그 무렵 아이가 집 근처의 어린이집에 입학하게 되어 예전보다는 훨씬 시간의 여유가 생겼기에, 조금은 안심하고 이 기회를 잡을 수가 있었다.

디자이너 과정을 이수하면서, 이전에 취미 수준에서 알고 있던 패션 관련 산업 전반에 대해, 보다 더 전문적이고 체계적으로 배울 기회를 가질 수 있었다. 브랜드 기획부터 시제품 제작, 판매까지 다 새로운 것이다 보니 약 6개월의 기간 동안 하루하루가 신세계였다. 버려지는 자원을 활용하는 친환경 방식으로 제작하는 의류에 대해서 배울 수 있는 곳이 많지 않은데, 남들과 차별화할 수 있는 지식을 얻을 수 있겠다는 기대감으로도 가득한 시간이었다.

또다시, 감사함으로

사실 20대 초반의 학생들과 클래스 메이트로 지내게 되어, 처음에는 어색할 때도 있었다. 이야기를 나누다가 세대 차이로 인해 서로 어리둥절 해하거나 어색할 때도 있었다. 그중에는 패션 인플루언서로 활동하고 있는 친구들도 있었고, 자기 브랜드 운영 경험이 있거나 이미 대학에서 패션을 전공하고 다시 배우는 친구들도 있었다. 이 분야에서 나보다 뛰어난 학생들 사이에서 무의식중에 열등감이나 능력의 부족함을 느낄 때도 있었다. 그러나 일단은 내가 새로운 커리어를 시작하기 위해서 의미 있는 무언가를 하고 있다는 사실 자체를 감사하려고 노력했다.

패션 학교에서 배운 것은 트렌드를 조사하고 콘셉트 설정을 한 후, 한 시즌의 아이템을 기획하고 디자인하는 것부터 시작했다. 옷의 설계도인 패턴을 제도하고 봉제하는 것도 배웠다. 이러한 과정에 대한 결과물로 개인 브랜드 포트폴리오와 실물 샘플을 만들었는데, 지적

노동과 육체노동을 모두 병행해야 하는 것이어서 매우 강도 높은 작업이었다.

중도 포기하는 학생들도 있었지만, 나는 비용과 시간을 획기적으로 절약하면서 새로운 분야에 대해 이론부터 실습까지 전반적으로 다 배울 수 있는 행운의 시간이라 생각하여 이를 포기하고 싶지 않았다. 운이 좋게도 좋은 교수님들과 선생님들을 만나 여러모로 세심한 지도를 받을 수 있었다. 나이 차이가 크게 나는 학우들과도 친해져, 함께 동대문 원단 시장을 누비고 패션쇼를 구경하는 등 잊지 못할 추억도 쌓았다. 졸업하면서 패션 학교 선생님들께서 국내 최대 패션 트렌드 박람회 중 한 곳에 참가할 기회가 있는데, 하는 게 어떻겠냐고 제안하셨다. 아직 부족함이 많아 살짝 고민이 되었지만, 일단은 부딪혀보자는 마인드로 졸업 작품을 전시했다. K패션 스타트업관 한 켠에 마련된 작은 공간이었지만, 믿기지 않을 만큼 뿌듯했다.

국내 박람회 참가가 계기가 되어 중국 심천에서 열린 패션 박람회에도 한국관 전시 브랜드로서 참가할 기회가 생겼다. 주어진 시간은 단 한 달. 졸업 작품 외에도 더 많은 아이템을 만들어내야 했다. 급하게 비자부터 신청하고, 트렌드 조사를 다시 시작했다. 시간을 아끼기 위해 샘플실이나 공장을 빨리 찾아야 했다. 중국에는 실제 판매가 가능한 시제품을 가지고 가야 했기 때문이다. 다행히 처음에 패션 업계 창업을 염두에 두고 다양한 정보를 수집할 때부터 미리 서칭해 놓은 곳들이 있어서 어렵지 않게 미팅을 하고 의뢰를 결정할 수 있었다. 참가에 의의를 두고, 별다른 성과가 없어도 실망하지 말자고 다짐했는데, 예상 밖으로 일본 등의 바이어들의 호평을 받았다. 심천 박람회를 통해 한 단계 더 업그레이드된 가능성을 확인할 수 있었다.

나를 가장 잘 아는 사람은 바로 '나 자신'

짧지만 긴 스토리를 만들며 새롭게 시작한 나의 커리어는 패션상품을 디자인하여 제작하고 판매하는 작은 브랜드를 운영하는 것이다. 이를 위해 내가 팀원 한 명과 함께 기획 및 디자인을 하고 패턴을 만들며 원부자재를 찾아 제작, 판매한다. 나만의 독창적인 디자인은 디자인 등록을 했고, 브랜드 상표권 출원과 등록까지 하나하나 이뤄가고 있는 중이다. ESG 패션 공모전에 도전하여 입상하고, 유망한 업체로 선정이 되어 시제품 제작비를 지원받고, 현장에서 실제로 쓰이는 제작 방법을 교육받는 등 작지만 소소한 성취들도 꽤 있었다.

이렇듯 새롭게 시작된 커리어에서 겁 없이 도전할 수 있었던 이유는 이전의 커리어를 통해 배우고 경험하며 느꼈던 것들이 든든한 토대가 되어주었기 때문이다. 국비 장학생 프로그램으로 머물렀던 핀란드나 미국은 물론, 친정 사업을 위해 오갔던 아시아의 다양한 국가들, 그리고 배낭여행으로 돌아다녔던 서유럽 등에서 다양한 문화와 예술을 경험할 수 있었다. 나는 해외에 나갈 때마다 국립 도서관과 미술관, 박물관에 꼭 방문했다. 시를 쓰시는 아버지와 그림을 그리는 삼촌 등의 영향을 받아서이다. 또한, 현지인들이 가는 재래시장이나 학교 등에 가보는 것도 좋아했는데, 이러한 경험들이 지금도 내면의 귀중한 자산으로 든든하게 남아 있다. 세계 어디를 가든 살아남을 수 있다는 자신감의 원천이 되어주고 있다.

통·번역을 할 때는 모국어와 외국어에 모두 능통해야 한다는 점과 다양한 배경 지식을 쌓아야 원활한 의사소통이 가능하다는 점을 깨닫고, 다른 문화에 대해 열린 눈과 귀를 가지려고 의식적으로 노력했다. 우리말로 된 정보만 접하는 것에서 한 걸음 더 나아가 외국어로 된 각종 정보도 두려움 없이 습득하고 활용할 수 있는 것도 이전의 경력을 통해 연마할 수 있었다.

무엇보다도 고등학교 때부터 패션을 전공하고 패션 회사에서 실무를 경험한, 나와 함께 브랜드를 기획하고 만들어 나가는 팀원을 만나게 된 것이 바로 이때이다. 엄마의 사업 파트너이신 분의 딸이었는데, 그 친구도 부모님의 사업을 돕고 있다가 나와 함께 출장을 가는 등 함께 일을 하게 되면서 친해졌다. 결혼 후에도 서로 힘든 일이 있을 때 속 깊은 일을 털어놓으며 연락을 주고받곤 했었는데, 내가 패션 관련 사업을 하고 싶다는 생각이 들었을 때, 가장 먼저 생각이 난 동생이다. 나보다 훨씬 어리지만 속 깊은 언니 같은 동생…. 패션 아이템 서칭과 제작을 할 때 궁금한 것들이 있으면 언제든 물어보라며, 자신이 공부했던 전공 책을 선뜻 보내 주었다. 그 이후에 중국 박람회에 참가하게 되었을 때부터 본격적으로 함께 작업하게 되었고, 패션 공모전 준비와 시제품 제작을 하면서는 앞으로도 계속 동료로서 일하기로 뜻을 모았다.

그 외에도 결혼과 출산 전 했던 일들을 통해 다양한 환경과 문화에 적응하는 것, 사람들과의 관계를 맺고 유지하는 것. 정보 습득 능력을 쌓았던 것이 지금까지도 큰 도움이 된다. 무엇보다도 나와는 다른 문화와 생각을 가졌더라도 귀 기울여 듣고 포용하는 태도도 배울 수 있었다. 이와 더불어 나의 생각이 받아들여지지 않을 때도 참고 넘어갈 줄 알게 된 것도 다양한 경력을 통해 갈고 닦은 역량이다.

의류 디자인을 하고 패션 비즈니스를 하는 것은 아예 새로운 분야에 도전하는 거라, 가족들을 포함한 주변 사람들의 우려와 걱정도 있었다. 그러나 내가 꽤 오랫동안 심사숙고하여 자아 성찰을 해왔고 다방면으로 진로 탐색을 위해 노력해왔다는 사실은 그 누구보다도 나 자신이 잘 알고 있다. 나의 마인드에 금박을 입혀 무엇이든 긍정적인 면을 먼저 보겠다 마음먹고 나니, 이전부터 해왔던 공부와 일들이 있었기에 지금의 내가 해외의 다양한 정보를 탐색하는데 언어적/심리적 장벽이 없고, 시장의 범위를 바라보는 시각을 넓히는 데에 거리낌이 없다는 점을 자신감의 근원으로 삼게 되었다. 기존의 경험들은 앞으로도 새롭게 만들어 갈 커리어에서 나만의 장점을 살리고 어떻게 포지셔닝 할 것인가에 대한 해답을 찾는 데에 영감을 주리라 기대해본다.

Slow but steady wins the race

약 1년 반의 과정을 돌이켜 보면, 나는 굉장히 무모하게 닥치는 대로 새로운 커리어를 시작했고 그 때문에 더 힘들었던 것 같다. 커리어를 다시 시작할 때 여러 유의할 점들을 미리 알았다면 좋았을 텐데 하는 아쉬움도 있다.

창업을 결심하고 공유 오피스에 입주하여 일종의 독서실처럼 활용하면서, 그곳에서 제공해주는 다양한 창업 관련 강의를 섭렵했다. 이 과정에서 상표권 등록이나 홈페이지 제작 등도 추진했다. 그다음 해에는 패션 직업 전문학교에서 디자이너 과정을 이수했다. 디자이너 과정을 졸업하자마자 졸업 작품을 우리나라 코엑스와 중국 심천의 패션 박람회에 전시했고, 공모전 등에도 출품하여 수상했다.

이후 시제품 제작 지원사업에 선정되어 15개 이상의 아이템을 개발하는 한편, 여성새로일하기센터의 경력 이음 프로그램에 참여하여 창업과 기업 운영 등에 도움이 될 공부를 하고, 관련 자격증들도 취득했다.

작년 말과 올해 초에는 무작정 유동인구가 많은 장소를 물색하여 섭외하고, 팝업 스토어를 열어 판매를 해보았다. 판매가 굉장히 잘 된 날도 있었지만, 기대보다도 훨씬 안 된 날도 있었다. 여러 가지 요인이 있었겠지만, 아무래도 경제 상황이 급격하게 나빠진 영향이 큰 것 같았다. 그 이후 보다 안정적인 운영을 위해 피보팅 혹은 사업 고도화를 생각해보다가 해외 패션 스쿨 입학이나 대학원 등을 알아보기도 했다. 그러다가 장기적인 목표로 나의 경력을 살려 패션과 교육을 연결하는 비즈니스를 하겠다는 새로운 목표와 바람을 가지게 되었다.

약 2년 정도 창업을 준비하면서 쉴 새 없이 나 자신을 몰아쳤더니, 예전과 같은 번-아웃 증상들이 나타났다. 아직 아기가 어렸기에 육아를 소홀히 할 수 없었던 점이 가장 힘들었다. 아기가 없었을 때는 나의 의지대로 할 수 있는 일들이 더 많았지만, 엄마가 되고 나니 그 반대의 경우가 되었기 때문이다. 하지만 아들의 전체 인생 중 가장 중요한 시기였기에, 육아를 최우선 순위로 생각했다. 그 시기에 남편의 도움을 받을 수는 없었고, 친정 부모님의 도움에 의존할 수밖에 없었다. 부모님의 사랑에 깊은 고마움을 느끼면서도 가끔 나도 모르게 투정을 부리고 짜증을 낼 때가 있어 부모님께 죄송할 때가 많았다.

다 포기하고 싶은 생각이 들 때도 있었다. 그러나 나의 행복이 곧 가족의 행복이라는 생각으로 흔들릴 때마다 마음을 다잡았다. 모든 조건이 다 완벽할 수는 없다는 생각으로 이 세상과 나 자신에게 너그러워지기 위해 노력했다. 이전의 경험을 통해 나 스스로가 번-아웃을 미리 알아채고 어떻게 조절 할 수 있는지 노하우가 생겼기에 잘 극복할 수 있었다. 앞으로도 충분한 수면과 운동, 독서 등을 통해 나의 몸과 마음을 쉬게 하기 위해 노력해야겠다. 그리고 무엇보다도 자신을 다그치며 뭐 하나라도 더 해내려 욕심을 내는 습관을 버리기 위한 노력도 기울이겠다.

다시, 시작하는 여성들

여성에게 커리어는 '뜨개질'이다

막막할 땐 몰입의 힘을 믿자

세 돌이 갓 지난 아이를 키우면서 창업을 하고 시제품 제작과 서비스 구상을 시작한 지 세 달쯤 지났을 무렵, 문득 여자에게 경력은 '뜨개질' 같다는 생각이 들었다. 대학 3학년 때 핀란드에서 한 학기를 보내며 처음 배운 뜨개질. 강의 시간 중에 교수님께 질문하면서도 뜨개질을 하는 핀란드 학생들의 모습을 보고 호기심에 따라 하기 시작했던 일. 학기 중에 틈틈이 기차와 비행기를 타고 유럽 여행을 하면서도 알록달록 다양한 실을 엮어가며 목도리를 짰다. 그때 도안을 보지 않고 즉흥적인 아이디어만으로 세상에서 하나밖에 없는 디자인의 목도리를 만들어 나가는 즐거움도 있음을 알게 되었다. 한올 한 올 뜨개질을 할 때는 '언제 다 만들지?'라는 막막한 생각도 들었지만, 시간 가는 줄도 모르고 작업에 몰입하다 보면, 어느새 길고 따뜻한 목도리가 완성되어 있었다.

새로운 분야에서 일을 배우기 시작한 지 얼마 지나지 않은 나는, 앞으로 어떻게 해 나가야 할지 막막한 마음도 있지만, 뜨개질할 때처럼 다양한 색깔의 경험들을 엮고, 작게 느껴지는 일들도 하나하나 조금씩 집중해서 해 나가다 보면 언젠가는 내 '경력의 목도리'도 길고 예쁘게 짜여 있지 않을까 하는 기대를 해본다. 요즘의 나는 패션 비즈니스를 운영하는 대표로서 갓 세상에 나온 나의 작지만 소중한 회사를 알뜰살뜰 꾸려나가는 한편, 영어 강사로서 다양한 학습자들을 위한 커리큘럼과 서비스도 구상하고 있다. 가족들과 함께 오랫동안 구상해 온, 드디어 올봄에 오픈할 '컬처 라운지'에서 선보일 예정이다.

다양한 실을 엮기 위한 '한눈팔기의 기술'

이제는 평생직장이나 직업의 개념도 사라지고, '부캐'와 취미를 살린 '투잡'을 가진 사람들이 많아진 시대이다. 꼭 한 가지 길로만 가야 한다는 강박관념을 가질 필요가 없다는 것이 나의 커리어에 대한 새로운 신념이다. 어렸을 때는 한 가지 분야의 전문가가 되어, 그 분야를 좁고 깊게 마스터하고 그런 지식과 경험을 활용한 커리어만이 가치 있는 것이라 여겼던 것 같다. 그러나 대학원생 시절 번-아웃과 결혼 그리고 출산을 겪으며 진로 고민을 하고 이러한 신념이 깨지고 새로운 철학을 세울 수가 있었다.

내가 익숙하게 머물렀던 울타리를 벗어나 밖으로 나와보니, AI 분야 연구가를 겸업하는 가수, 부업으로 웹소설을 쓰는 의사, 베이커리를 운영하는 변호사 등등 자신의 커리어에 제한을 두지 않고 살아가는 사람들이 꽤 있었다. 이러하게 다양한 커리어를 쌓아가는 것도 삶을 풍요롭고 다채롭게 만들어 가는 한 방법이 될 수 있겠다는 생각이 들었다. 나도 자신을 한가지 테두리에만 가두지 말고, 보다 넓은 세상에서 다양한 것들을 배우고 이를 활용할 수 있도록 커리어를 만들어 나야겠다라는 사고의 전환을 했다.

나도 솔직히 남들이 유망하다고 하는 분야나 돈을 많이 벌 수 있다는 직업에 도전해볼까 하는 생각도 들었지만, 나이가 들어서까지 꾸준히 지속 가능한 일이어야 포기하지 않고 계속할 수 있겠다는 판단이 들었다. 또한, 취미가 일이 될 수 있는 직업을 찾다가, 패션과 관련된 직업을 가져야겠다는 결정을 했다. 특히 패션 디자인 분야는 창의적으로 새로운 것을 만들어내며 자기표현을 할 수 있는 예술 분야와도 어느 정도 관련이 있다는 점도 매력적으로 느껴졌다.

문득 예전에 대학원 수업을 같이 듣던 50대 후반의 선생님이 하신 말씀이 기억이 난다. 평생 교사로 공립학교에서 영어를 가르치신 분이었지만, 마음 한 켠에는 자신의 길이 맞나 하는 고민을 늘 가지고 계셨다고 했다. 정년퇴직을 몇 년 앞두고 있으면서도 여전히 그러한 고민이 해결되지 않았고, 앞으로의 진로와 자신의 커리어를 어떻게 이어나갈 것인지가 정해지지 않았다고 하셨다. 그러면서 커리어에 대한 고민과 해답 찾기는 평생에 걸쳐 해야 하는 것 같다고 웃으셨다.

요즘의 나는 그 선생님의 말씀을 뼈저리게 동감하고 있다. 내가 새로운 커리어를 만들기 시작한 계기는 원래 하던 공부와 일에서 너무 심한 압박감을 느꼈고 즐거움을 느끼지 못했기 때문이었다. 고민의 기간이 길어지던 차에 결혼과 임신, 코로나19 팬데믹으로 전업주부가 되었다. 아무것도 못 하는 기간이 약 3년간 있었다. 하지만 이 기간은 나에 대해서 수도 없이 질문하고 해답의 실마리를 찾을 값진 시간이 되어주었다. 당장은 선택의 여지가 없으니 아이를 어느 정도 키워놓고 사회생활을 해야겠다고 마음을 먹고, 임신 기간부터 어떤 일을 하면 좋을까 알아보기 시작한 것이다. '영어 교육'이라는 우물 안의 개구리였던 내가, 직접 만든 예쁜 옷을 자랑하러 다른 개구리들이 사는 연못으로 소풍을 나가보겠다고 용기를 내 결심할 수가 있었다.

다시, 시작하는 여성들

To. Annie

누구나 나처럼 예상치 못하게 좌절하고 힘을 짜내어 발버둥 쳐봐도 아무것도 못 하는 시간이 있을 수 있다. 이 시기 동안 오히려 마음을 내려놓고 편한 자세로 앉아 진지한 자기 성찰과 정보 탐색을 하는 시간으로 활용하면 긍정적인 기회로 승화시킬 수 있다. 이를 바탕으로 대략의 방향과 목표를 설정하면 고민거리가 많이 해소된다. 그리고 나서는 일단은 뛰어들어 무엇이라도 시도해보는 것이다. 궁금한 게 생기면 관련된 곳에 전화나 이메일로 문의해보거나 직접 방문하여 둘러보기라도 하면 그다음의 나아갈 길이 보인다.

만약 내가 원하는 게 무엇인지조차 모르겠다면, 진로 설정과 커리어에 관련한 책을 읽어보거나, 직업 훈련 혹은 창업과 관련한 기관에 상담을 받아보는 것을 추천한다. 나도 한창 커리어에 관한 고민이 깊었던 시기, 틈틈이 책을 읽고 관련 영상을 찾아봤으며, 다양한 기관의 상담 및 컨설팅을 받았다. 그 당시에는 '괜히 시간 낭비만 하고 있는 게 아닐까' 하는 의심도 들었지만, 지나고 보니 한층 한층 커리어를 멋지게 쌓아 올릴 수 있는 튼튼한 벽돌이었다.

자기가 가지고 있는 물적 혹은 인적자원이 무엇인지 생각해보고, 그것부터 활용하면 심리적으로 안정된 상태에서 새로운 커리어를 시작할 수 있을 것이다. 자신과 비슷한 경험을 한 선배들은 물론, 현재 비슷한 과정 중에 있는 사람들과의 교류를 통해 공감대를 형성하고 그들의 장점들을 눈과 귀로 배우면 도움이 많이 될 것이다. 나 역시도 다양한 시기에 인연을 맺은, 마음과 뜻이 맞는 분들과 서로 응원과 도움을 주고받는 등 좋은 관계를 유지하고 있다.

무엇보다도 멘탈 관리가 중요하다고 생각한다. 욕심을 버리고, 조금씩 꾸준히 성장하는 것에 초점을 맞추는 것이 멘탈 관리의 첫 단추이다. 경력 단절 이전의 커리어가 모두 물거품처럼 사라지는 것이 아니라, 나의 현재와 미래에 도움이 될 것이라는 믿음을 가져야 한다. 시간 관리와 체력관리를 위해 자신에게 맞게 전략을 짜서 효율적으로 실행해야 한다.

사람마다 처한 상황이 다르고, 살아온 삶과 생각, 사연도 각양각색이다. 내가 감히 누군가에게 조언해 줄 수는 없겠지만, 시간을 내어 이 글을 읽어 준 여러분께 마지막으로 한마디 응원을 해 주고 싶다. 지금 경력 단절 때문에 힘들고 고민하고 있다면, 당신은 자기 자신에 대한 사랑과 삶에 대한 의지가 있다는 증거이며, 어떠한 시도이든 가치 있는 것이라고 말이다. 지금 당장 완벽한 솜씨를 갖추지 않았다고 하더라도, 삐뚤빼뚤하게나마 코바늘로 한땀 한땀 뜨개질을

해 나가다 보면 언젠가는 그것들이 모여 여러분만의 예쁜 목도리를
완성할 수 있기를 바란다.

저자 황윤정

현재 비폭력대화 및 기업교육 전문 강사이자 심리상담가이다. 서울대 이학석사를 졸업하고 금융권에서 근무하다 결혼과 출산으로 일을 그만두고 육아에 전념했다. 공동육아 어린이집을 설립하고 운영하며, 교사와 부모, 부모와 부모, 부모와 아이 사이에 발생하는 다양한 갈등을 비폭력대화라는 도구로 풀어갈 수 있다는 것을 경험하였다. 아들의 초등학교 입학 후에는 비폭력대화 강사로 활동하며 초등학교 부모교육, 명상센터 비폭력대화 교육, 한살림 비폭력대화 그룹리더로 활동하다, 이혜마음챙김 교육센터를 설립하여 부모교육뿐만 아니라 기업교육, 법정의무교육 등의 활발한 교육 활동을 이어가고 있다. '비폭력'에 깊은 관심을 두고 2023년 서울불교대학원대학교에 입학하여 비폭력대화의 의사소통 개선 및 갈등 해결의 효용성뿐만 아니라 트라우마 및 외상 후 스트레스 장애 연관성에 관해 연구하고 있다.

블로그 | blog.naver.com/fancy99979

보석 같은 선물

맘에 들지 않는 포장지에 싸인

황윤정

독박 육아에 지친 초보 엄마, 꿈을 찾는 여정을 시작하다

●

매일의 태양은 찬란하다

철얼썩 철얼썩~

송악산으로 이어진 해안도로를 따라 달리다 보면 어슴푸레 하늘이 밝아진다. 빛이 하늘을 채우는 만큼 내 가슴도 숨으로 가득 찬다. 더 이상 달릴 수 없다고 느낄 때쯤 형제섬이 나를 반긴다. 형과 아우처럼 마주 보고 있다 해서 이름 붙여진 형제섬. 바다 한가운데 바위처럼 보이는 크고 작은 형제섬 사이로 태양이 슬금슬금 고개를 내밀 기세다. 경건하게 해맞이하겠다고 멈춰 서지만 여전히 가쁜 숨소리에 어깨가 들썩인다. 일출 순간을 놓치지 않으려 눈을 부릅뜬다. 해님은 내 마음을 아는지 모르는지, 갑작스럽게 '뿅'하고 튀어 오른다. 차가운 바닷속에서 올라오는 불덩어리를 볼 때면 언제나 경이로움

다시, 시작하는 여성들

에 탄성이 터진다.

호흡이 잔잔해지고 서늘한 바람이 등골을 스친다. 으슬으슬한 기운을 떨치려 다시 뛰어왔던 방향으로 달린다. 돌아가는 길은 온몸이 깃털처럼 가볍다. 저 멀리 숙소가 보인다. 마당을 가로질러 로비에 들어서면 어디선가 밥 냄새가 난다. 우리 집이다. 이 펜션 건물에 묵고 있는 여행객은 우리 가족뿐이니까. 갑자기 배가 고파진다. 후다닥 뛰어 올라가 벌컥 문을 열며 묻는다.

"배고파~ 오늘 아침은 뭐야?"

엄마가 차려준 아침 반찬은 김치, 고들빼기, 된장찌개, 김. 가끔 두부나 햄, 달걀부침 등 비슷하지만, 기분 좋게 식사를 마치고 아들과 함께 등교 준비를 한다. 오전 8시 45분, 나와 아들은 나란히 책상에 앉아 노트북을 켠다. 줌에 접속하면 등교 준비 끝! 코로나19가 한창이던 2020년 10월의 일상이다.

다시 경력 단절이 된 나를 위로해 주던 제주도

일을 그만둔 나는 아들과 둘만 홀가분하게 제주도로 내려가고 싶었다. 걱정이 많은 남편이 장인·장모님께 함께 가 달라 부탁하면서,

제주 한 달 살이는 편도 티켓 네 장으로 시작되었다.

공항에서 렌터카를 타고 두어 군데 펜션을 둘러보았다. 인터넷으로 검색한 장소는 제주도 각 지에 흩어져 있어 하루가 꼬박 걸렸다. 내 기준이 까다롭지 않아 금방 숙소를 잡을 수 있으리라 생각했다. 그러나 그건 나의 착각이었다. 바다 근처가 아니거나 방이 한 개인 원룸이었다. 마음에 든다 싶을 때는 가격이 터무니없이 비쌌다.

산방산에 어둠이 깔리기 시작했다. 내일도 오늘처럼 검색한 숙소를 찾아 제주 전역을 헤맬 것을 생각하니 걱정이 스멀스멀 올라왔다. 마음이 조급해졌지만, 배에서는 꼬르륵 소리가 들렸다. 금강산도 식후경이라 했으니, 식당으로 이동했다. 해안도로를 달리다, 'oo펜션 064-000-0000' 간판이 눈이 들어왔다. 나는 산방산 근처 해안도로 주변 펜션을 잡기로 전략을 바꿨다. 펜션 팻말을 보고 전화를 걸었다. 일단 위치는 확인되었으니, 가격만 맞으면 되었다.

"부모님이 계셔서 방 2개 달린 펜션을 한 달 정도 빌리고 싶은데, 가격이 어떻게 되나요?"
"난방 없이 쓴다고 하면 현금 70에 줄게요."

다시, 시작하는 여성들

더 볼 것 없이 바로 계약하고 짐을 풀었다. 바닷가 바로 앞에 자리한 펜션은 30세대 정도 머물 수 있는 빌라형 펜션이다. 눈만 돌리면 해안선이 펼쳐지고 창을 열면 파도 소리가 밀려든다. 마당 앞으로 제주올레길 10코스가 지나가며, 근처에는 송악산과 산방산이 자리 잡고 있다. 제주도의 아름다움을 담뿍 담고 있는 이곳을 찾아낸 내가 참 대견해 스스로 쓰다듬고 쓰다듬었다.

환상적인 장소에 있는 다세대 펜션에 우리뿐이었다는 것이 여전히 믿어지지 않지만, 몇 가지 이유를 추측해본다. 첫째, 펜션 주변에는 오로지 바다와 돌, 해안도로뿐이며, 걸어서 20~30분 가야 편의점이 나온다. 편세권이 아니다. 둘째, 끝없이 펼쳐진 바다와 실내에 있는 사람 사이에 오래된 철창이 있다. 주인장은 최근에 숙소 리모델링을 했다. 자랑하듯 이야기했지만, 오래된 호텔을 개조한 흔적이 곳곳에 남아 있었다. 대부분 카페나 숙소는 통유리 구조인 데 반해, 이곳의 창은 슬라이딩 형태도 아닌, 프레임이 12개로 나누어진 단일 철제 창이면서 열리는 창문은 구석 프로젝트창 하나가 전부였다. 옛날 창문이 세월의 흔적을 고스란히 가진 채 바다를 가로막고 있다. 셋째, 벽지는 새로 붙인 것이 맞는데 싸구려 모텔에서 볼 법한 촌스러운 커다란 꽃무늬 벽지다. 이불과 가구도 무척 낡아 깔끔쟁이 엄마는 숙소를 잡자마자 시장에 들러 베갯잇부터 샀다. 이 밖에도 단점은 찾으려면 끝도 없이 나오지만, '아무도 여행을 다니지 않던 코로나 19 절정기'의 제주도를 찾은 여행객이 우리뿐이었기에 현금 70이 가능했다고 생각한다.

나는 문만 열면 끝없이 펼쳐지는 바다가 참 좋았다. 바다를 곁에 두고 달리면 내가 일을 그만두었다는 사실을 잠시나마 잊을 수 있었다.

아이보다 엄마가 성장한 공동육아

2020년 가을, 하늘이 이렇게 고운 코발트 색이었나? 바다가 이리 깊은 파랑이었나? 태양은 매일 뜨지만, 그 하늘과 바다는 같지 않았다. 하늘은 그날그날 바다의 모양새와 잘 어울리는 옷을 골라 입었다. 어느 날은 무척 붉고 어느 날은 주홍색 안개에 싸여 어렴풋했다.

매일 아침 6시에 해안도로를 따라 달렸다. 엄마가 차려준 아침을 먹고 아들과 함께 온라인으로 등교했다. 하교 후엔 산책하거나 책을 읽었다. 단조로운 일상이지만 변화무쌍한 하늘과 바다 곁에서 분노가 조금씩 사그라들었다.

2011년 공동육아 준비모임에서 시작해 2012년 17가구로 구성된

다시, 시작하는 여성들

공동육아 어린이집을 개원했다. 공동육아 어린이집은 보육교사가 보육하지만, 운영은 모든 부모가 공평하게 일을 나눈다. 아이들 식단구성, 그림책 구매, 인형 제작, 청소, 텃밭 가꾸기 등 20명의 아이를 돌보는데 필요한 모든 일을 직접 지원한다. 아토피가 심했던 한 아이는 달걀과 고기뿐만 아니라 멸치육수조차 먹지 못했다. 아이를 배려해 모두 빼자는 주장과 고기도 일주일에 한 번인데 육수도 멸치 없이 끓이는 건 문제가 있다고 하는 의견이 팽팽히 맞섰던 일, 매일 나들이가 규칙인데 미세먼지로 나들이 횟수가 줄어드는 것에 대한 불만이 제기되어 미세먼지 수위를 토의했던 일 등 조합은 조용할 날이 없었다. 모든 의견이 회의 안건으로 올라와 의견을 조율하는 과정에서 갈등이 불거지기도 했다. 이를 풀어가는 과정은 쉽지 않았다. 소모임, 소회의, 운영회의, 대청소, 조합행사 등 거의 매주 모임이 있을 정도로 일도 많고 갈등도 많은 조합 생활이었다.

조합 활동은 어린이집 운영과 관련되고 내 아이의 교육과 직결되기에 조합 내 다툼이 잦고 골이 깊다. 절대 갈등을 만들지 않으려던 나도 싸움을 피할 수 없었다. 크게 다툰 그와는 절대 얼굴도 마주치고 싶지 않았으나, 직접 등·하원이 원칙인 어린이집에 있는 한 불가능했다. 거의 1년 반 동안 그가 멀리서 보이면 돌아가고 어쩔 수 없을 땐 눈도 마주치지 않은 채 회의에 참석했다.

나는 4년의 조합 생활 속에서 다양한 인간을 만났다. 사람들과 함께 울고 웃는 것이 무엇인지, 사람의 마음이 얼마나 쉽게 뒤집힐 수 있는지, 정답이 없는 사람의 마음과 얽히고설키며 사는 동안 나는 함께 사는 것이 무언지 아주 조금 이해할 수 있었다.

너 때문이야!

아들이 어린이집을 졸업한 뒤, 새로운 일을 찾아 여기저기를 기웃 거렸다. 예전 일하던 금융회사는 돌아가고 싶지 않았다. 사람 냄새 나는 일을 하고 싶었다. 3월의 어느 날, 아들 모습이 눈에 들어왔다. 손톱이 거의 없고 옷 소매와 목둘레를 입으로 물고 빨아 상의가 축 축했다. 안면 틱으로 불규칙하게 찡그리는 얼굴에는 학교생활 어려 움이 드러났다. 아들을 잘 키우겠다고 공동육아까지 했는데 뭐가 잘 못되었는지 도무지 알 수 없었다.

임신했을 때 유산할 수 있다는 의사의 말을 무시하고 일해서 그런 가? 아들 18개월에 애 맡기고 일했던 게 문제인가? 그냥 나 자체가 문제인가? 먼지처럼 사라지고 싶었다. 그러나 아들을 살려야 했다. 문제의 원인은 알 수 없었고 내 눈앞엔 괴로움이 가득 찬 아들이 서 있었다. 나는 내가 가진 모든 신념과 욕구를 쓰레기통에 처넣었다. 그리고 아들을 바라보았다. 아들의 표정, 몸짓, 옷 상태 등을 주의

깊게 관찰하여 아들이 편안하게 숨 쉴 수 있는 공간과 환경을 만들려 노력했다.

무표정하고 말 없는 아들과 소통하는 일은 쉽지 않았다. 학교에서 어떤 부분이 어려운지 알 길이 없으니, 내 말투나 행동에 반응하는 아들의 느낌을 찾아내야 했다. 태어나 한 번도 뒤를 돌아본 적이 없었기에 나의 언어습관을 관찰하는 일은 쉽지 않았다.

나는 누구의 부탁이든 흔쾌히 수락하는 사람이었다. 아들의 관찰 일기를 쓰다 보니 나는 '수락만 하는 사람'이었다.

"엄마, OOO 레고 모델 좀 찾아줘."

"응, 알았어. 엄마가 해 줄게."라고 말하자마자 그 부탁을 까맣게 잊어버렸다.

"엄마, 저녁에 카레 먹고 싶어."

"응, 알았어."라고 말한 뒤 짜장밥을 해 주는 내 모습을 발견할 때마다 가슴이 무너져 내렸다. 지금 겪는 아들의 어려움은 나 때문일까? 라는 의심의 증거가 쌓여갔다. 그리고 스스로 말했다.

'너 때문이야!'

나는 아들의 요구에 섬세하게 반응하는 법을 배워나갔다. 공감이 무엇인지, 사람의 마음은 어떻게 변하는지 하나둘 알아가면서 아들의 표정도 조금씩 편안해졌다. 그제야 내 마음도 조금 여유가 생겼다.

담임선생님은 아들이 학교 수업에 열심히 참여하려 노력한다고 하셨다. 하교 후에는 축구교실도 참여할 수 있을 만큼 좋아졌다. 조금씩 여유가 생기면서 낮 동안 할 수 있는 대안학교 중등 수학 강사 일을 시작했다. 주 1~2회 시간강사였지만, 누구의 엄마, 누구의 아내가 아닌 '나'로 살아있는 듯했다.

오랫동안 쉬었던 중등 수학을 다시 가르치려니 부족한 게 많았다. 대안학교 아이들은 따뜻하고 편안하게 나를 대해주었다. 교실에서는 아이들을 만나고 교사들과는 교재연구를 했다. 조금씩 학교생활에 적응하며 일이 즐거워졌다. 일이 많아 힘들기는 했지만, 수학을 사랑하는 아이들을 바라보는 즐거움이 더 컸다.

경력이 쌓이면서 시간강사에서 전임강사로 전환요청을 받았지만 적절한 시기를 가늠해야 했다. 아들이 자신의 마음을 온전히 표현하고 받아들여지는 순간이 쌓여가며 얼굴에 미소가 돌아왔다. 초등학교 4학년 말, 조잘조잘 이야기하는 아들의 모습에 안심하며 그해 겨울 전임강사 전환을 수락했다.

아들이 학교에 있는 시간에 할 수 있는 일을 찾은 것에 감사했다. 새로운 공동체 안에서 나의 역할을 찾았음에도 기뻤다. 나는 차갑고 깊은 강바닥을 치고 다시 올라오고 있었다.

코로나19로 바뀐 나의 일상

코로나19는 2020년 1월 대한민국에 상륙했다. 2020년 2월 말, 모든 학교는 휴교를 선언했다. 나와 아들은 집에 머물렀다. 매일 같은 시간 산책하며 아주 천천히 봄이 오는 소리를 들었다. 목련 봉우리가 점점 커져 톡 하고 터질 때쯤, 개나리가 피고 따스한 봄바람에 벚꽃이 피었다. 그 길이 이렇게 아름다운지 예전엔 미처 몰랐다.

두 달 가까이 멈췄던 세상이 슬슬 움직일 준비를 했다. 공립학교는 휴교를 끝내고 온라인 수업을 시작했다. 아이들의 배움에 대한 권리를 보장하기 위한 교육부의 선택이었다. 개인과 상인들은 코로나19 경계 단계별 기준을 지키는 조건으로 하나둘 정상 운영을 시작했다. 학원도 온·오프라인을 병행하며 운영을 시작했다. 법규상으로 보건

복지부 관할 학원으로 분류된 대안학교는 교육 방향을 결정해야 했다. 휴교 중에 교사들은 코로나19 시기에 건강한 교육을 받을 수 있는 환경을 만들기 위해 다양한 관점에서 고민하고 토론했다. 내가 근무했던 대안학교는 온라인이 아닌 오프라인 수업을 하기로 결정했다.

아이들을 오프라인으로 만나는 것은 반가웠지만 현실은 아름답지 않았다. 나는 식탁 위에 "밥 꼭 먹어. 사랑해."라는 메모를 남겨두고 매일 새벽 출근했다. 공립학교에 다니는 아들은 혼자 아침을 먹고 온라인 등교를 했다. 점심도 저녁도 혼자 먹는 날이 늘어갔다, 집중력이 약한 아들은 학교 과제를 제때 챙기지 못할 뿐 아니라 컴퓨터 활용능력이 부족해 과제를 완료할 수 없었다. 시간이 흐를수록 아들의 얼굴은 점점 어두워졌다. 결국, 아들과 일을 모두 책임지지 못하는 상황이 되어 그해 10월 다시 일을 그만두었다.

갑자기 억울하고 분했다. '아들을 위한 최선의 선택이었어.'라고 스스로를 위로하다가도 '또 내가 방구석에 처박히는 선택을 했구나.'라며 한탄했다. 당시엔 무엇이 나를 이토록 화나게 만드는지 몰랐다. 그렇게 도망치듯 제주도로 내려갔다.

다시, 시작하는 여성들

그냥 그 자리에 있는 것만으로 충분하다고 태양이 이야기해 주었다. 파도치는 것 말고 하는 일이 없는 바다가 내 곁에 있어 주었다. 매 순간 변화하는 하늘이 흘러가는 대로 그냥 있어도 충분히 아름답다는 걸 들려 주었다. 바다와 하늘, 바람과 제주 돌의 위로로 마음을 조금씩 추슬렀다.

나의 꿈은 '현모양처(賢母良妻)'

"저는 아이 다섯을 낳아 농구팀을 만들고 싶습니다. 제 꿈은 현모양처입니다."

인제 와서 돌아보니 참 어이가 없다. 좋은 대학에 가기 위해 눈에 불을 켜고 공부하던 고등학교 2학년 학생의 꿈이 어질고 현명한 어머니와 아내라니! 내가 고등학교 때 농구를 너무 좋아해서 자식을 낳아 농구팀을 꾸리고 싶다는 꿈은 꿀 수 있겠지만, 현모양처란 단어를 쓸 줄이야.

칭얼대며 안아달라던 아이를 재우려 안간힘을 쓰던 어느 날, 갑자기 고2 꿈을 발표했던 순간이 떠올랐다. 실소를 터트리며 고개를 절레절레 휘저어 생각을 흩뜨렸지만, 육아휴직이 끝나자마자 미련 없이 회사를 그만둔 걸 보면 좋은 엄마가 되고 싶었는가 보다.

만 1년이 지나고 2년 차에 접어들었다. 일이란 것이 시간이 흐르면 점차 익숙해지는 법인데, 육아는 그렇지 않았다. 오히려 괴로움이 차곡차곡 쌓여갔다. 이전에는 겪어보지 못한 우울과 무력감이 밀려왔다. 자다 깨어 우는 아들을 달래느라 잠이 부족한데도 새벽 6시면 언제나 나를 깨우는 아들이었다. 잠시도 나와 떨어지려 하지 않아 샤워는 말할 것도 없고 밥도 제대로 먹지 못했다.

벤티 사이즈의 라떼 한잔을 들고 사무실에서 일하면 모든 게 해결될 거라 순진하게 믿고 재취업을 했다. 기존 육아에 직장 일을 얹은 상황이 되었다는 걸 깨닫는 데는 오래 걸리지 않았다. 밤에 자주 깨던 아들은 내가 출근한 뒤에는 열 번이고 스무 번이고 깨서 울었다. 매일 밤 우는 아이를 달래고 아침에 어린이집 등원 후 출근하는 월화수목금금금인 생활을 하다 결국 몸이 망가졌다. 나는 10개월 만에 퇴사했다.

대안학교 전임강사로 일하다 2020년 또다시 일을 그만둔 걸 보면 '좋은 엄마' 콤플렉스가 있었나 보다. 일하지 않으면 괴로워하면서도 왜 그리 좋은 엄마가 되려 했을까? 여고생의 교실을 웃음바다로 만들었던 나의 꿈 '현모양처'. 꿈은 이루는 게 아니라 그저 과정을 걷는 거라는 걸, 꿈은 이루어질 수 없다는 사실을 이처럼 아프게 하나씩 하나씩 알아가고 있다. 현(賢)안에 숨어있는 조개 패(貝)는 오랜 인내의 시간을 거쳐 만들어지는 진주를 품고 있는 것처럼 느껴진다.

저는 제 차를 몰고 학교 정문을 통과하는 게 꿈이었어요

"저는 제 차를 몰고 학교 정문을 통과하는 게 꿈이었어요. 오늘 문득 알게 되었어요. 이미 꿈이 이루어졌다는 걸요."

몇 달 전, 중학교 1학년을 위한 '나를 알아가는 진로상담' 수업에서 진로에 대해 안내하고 있었다. '일'은 어떤 가치를 창조하기 위해 정신적 또는 육체적으로 수행하는 모든 활동, '직업'이란 경제적 소득을 얻고 사회적 가치를 이루기 위해 지속해 수행하는 활동이란 개념을 안내하던 중, '내 차를 몰고 학교에 다니는 것을 꿈꾸었던 23살 어느 날'이 갑자기 떠올라 아이들에게 꿈 이야기를 전했다.

대학 생활 내내 고시원을 전전하던 내가 차를 갖는다는 건 불가능했다. 이룰 수 없는 꿈을 또 꾸고 있었지만, 운전대에 한 손을 올리고 좌우를 살피며 능숙하게 핸들을 돌리는 상상만으로도 무척 설렜다. 대학원 입학과 함께 '차를 갖고 싶다'란 꿈이 있었는지조차 잊고 살다, 중학교 1학년 아이들 앞에서 꿈이 현실로 되었다고 말했다. 차만 가지고 있는 것이 아니라, 일도 하고 있음에 가슴 벅찬 감동이 몰려왔다.

소통 전문가로
제2의 인생을 시작하다

선천적 기질인 '인내심'이 없던 내가
집안일을 통해 사회적 기술을 습득하다

붉은 잔새우 설 선물세트가 들어왔다. 냉동실에 넣을 자리가 없어
바로 새우볶음을 만들었다. 프라이팬을 달군 뒤 들기름을 듬뿍 붓고
고추장을 설설 녹였다. 잔새우를 넣어 양념을 고루 베개 잘 휘저었
다. 마무리로 마요네즈 한 술 넣었더니 보기에 먹음직스러웠다. 군
침이 돌아 하나 먹어봤다. 바삭바삭 매콤달콤하여 밥이 당겼다. 어
디에 내놔도 손색없는 새우볶음이었다.

다시, 시작하는 여성들

결혼한 지 15년이 지났다. 걸레를 들어 방을 닦을라치면, 남태평양보다 더 넓게 보이던 마루였다. 밥물을 맞추지 못해 쩔쩔매던 날들이 주마등처럼 스친다. 이젠 청소도 요리도 어렵지 않다. 손님을 초대하면 뚝딱 잔칫상을 차린다. 완벽하지 않지만, 적당히 필요한 만큼을 안다. 인내심 없는 내가 집안일을 포기하지 않고 꾸준히 했다는 게 신기하고 스스로 대견하다. 내 타고난 기질로 살았다면 불가능하며, 아이를 출산하지 않았다면 시도조차 하지 않았을 일이다.

재미없는 일은 절대 하지 않았으며 뭔가에 푹 빠져 열심히 하다가도 흥미가 떨어지면 바로 떨쳐내고 그만두는 사람이었다. 나는 재미도 없고 성과조차 나오지 않는 집안일을 견디지 못했다. 이러한 기질은 아기의 성장에 필수적인 안정감을 만들기에 적합하지 않다. 나는 육아를 하기에 최악의 사람 중 하나였다.

넓은 집을 닦을 생각만 하면 답답증이 몰려와, 아이가 생활하는 안방만 닦았다. 나는 규칙적으로 일을 챙기는 것이 부족하여 생각날 때마다 아기 옷과 이불, 생활용품 등을 삶고 빨았다. 한 숟갈 먹을 이유식을 만들자고 온갖 도구를 활용해야 하는 일은 너무나 비효율적이어서 포기했을 텐데, 다행히 아들은 이유식을 싫어했기에 바로 밥으로 넘어갔다. 간을 거의 하지 않는 아기 반찬은 요리 초보자가 시도하기에 딱 적합한 도전이었다. 나는 할 수 있는 만큼만 하며 멈추지 않으려 애썼다. 그러는 사이 아들은 조금씩 성장하고 있었다.

인내심은 선천적으로 타고나는 기질이다. 성과와 상관없이 꾸준하고 반복적인 작업을 가능하게 하는 기질인 인내심은 분야를 막론하고 전문가가 되기 위해서는 꼭 필요하다. 이 부분이 약하면 사회적 성취를 이루기에 어려움을 겪는다. 나는 아들을 키우며 사회적 성취감이 충족되지 않아 괴로웠지만, 결국 아들을 키우며 나의 취약한 '인내심'도 키워졌다.

지금의 나는 예전과 다른 '나'이다. 인내심을 가지고 전체를 지켜보고 파악한다. 전체를 조망한 뒤 필요한 세부 작업을 진행할 만큼의 인내심이 있다. 지난 10여 년간 공동체 내의 갈등을 풀어내고 아들의 학교적응과 나와의 관계를 개선했다. 정반대의 남편을 이해했던 경험을 바탕으로 익힌 나만의 소통 노하우를 활용한 교육 사업을 시작하게 되었다. 사업을 시작하는 것보다 유지하기가 더 어렵다. 그러나, 이젠 내게 장착된 무기인 '인내심'을 십분 활용하여, 성과가 나올 때까지 기다리고 고민하며 방법을 찾는 즐거움으로 교육 사업을 유지하고 있다.

출산과 육아, 사람을 이해하는 시간

그리스 철학자이자 수학자인 피타고라스는 '만물은 수이다.'라고 말했다. 이는 우주의 현상을 수학적 언어로 표현할 수 있다는 뜻을 담은 표현이다. 나는 수학을 전공하고 금융권에서 숫자를 다루며 일하는 생활에 전혀 불편함이 없었다. 숫자로 가득 채워진 문서를 분석하고 검토하는 일은 언제나 명료했으며, 문제가 발생하면 원인을 찾아 해결책을 마련할 수 있었다.

내 나이 서른에 출산을 통해 육아라는 새로운 과제를 만났다. 나는 아들을 잘 키워야겠다는 생각만으로 일을 그만두었다. 육아가 내 평생 처음 만나는 새로운 도전이라는 걸 그 당시엔 몰랐다. 예전처럼 책을 읽고 공부하면 될 것이라 쉽게 생각하고 육아서를 읽기 시작했다. 아기의 신체, 운동, 지각, 인지 발달 등의 내용을 정독했지만, 아들이 울기 시작하면 속수무책이었다. '아기의 울음소리는 배고플 때, 졸릴 때, 아플 때 등 상황에 따라 다르다.'라고 쓰여 있지만, 내 귀에는 모두 똑같은 "으아앙~"이었다.

인간은 언어적·비언어적 의사 표현을 통해 소통하는 사회적 동물이다. 의사 표현의 10%를 차지하는 언어적 소통방식은 강력한 힘을 가지고 있지만, 전체적인 분위기나 맥락을 잡아가기 위해서는 비언어적인 부분을 이해하는 것이 중요하다. 나는 90%의 비중을 차지하는 비언어적인 부분이 전혀 발달하지 않은 사람이었다. 이런 내가 100% 비언어적 의사 표현을 하는 아들의 요구를 이해하는 건 불가능했다.

울면 일단 기저귀를 확인했다. 축축하지도 냄새가 나지도 않으면 젖을 물렸다. 젖을 먹으려 하지 않으면 아들을 안고 일어섰다. 그래도 안 되면 열을 재거나 업고 돌아다니거나 책을 읽어주었다. 내가 해 줄 수 있는 모든 것을 했음에도 불구하고 아들은 매일 찡얼거렸다. 모든 엄마가 아이를 키우며 경험하는 일상이겠지만, 유난히 섬세했던 아들은 무감각한 엄마를 만나 고생 좀 했지 싶다.

사람마다 각자의 색깔과 향기를 갖고 있으며 웃고 우는 포인트조차 미묘하게 다르다. 각자가 삶의 역사가 만들어낸 작품이기에 사람을 이해하는 것은 쉽지 않다. 아들을 이해하고 싶은 엄마의 간절함으로, 공동육아, 비폭력대화, 마더피스 타로, 인지학, 인문학 책읽기, 성경과 불경, 심리상담 등 다양한 분야의 문을 두드려보았다. 10여 년이 지난 어느 날, 어두웠던 아들이 조금씩 마음의 문을 열고 잔잔한 미소를 지었다. 나도 그제야 안도의 한숨을 내 쉬었다. 하루하루 치열하게 고민하고 방법을 찾았던 시간 속에서 시나브로 '사람마음'

다시, 시작하는 여성들

에 가닿는 법을 익혀갔다.

비폭력대화(Nonviolent Communication, NVC)는
연결의 대화이자 연민의 대화이다

"다른 사람에 대한 비판은 충족되지 않은 자기 욕구의 왜곡된 표현이다. (비폭력대화 93쪽)"

나는 사랑받고 싶은 욕구가 꽤 큰 사람이었다. 결혼 후 남편에게 듣는 말에 상처가 덧나고 곪아 더 이상 버틸 수 없었던 순간, 비폭력대화가 한 줄기 빛처럼 내 가슴속을 비춰 주었다. "너 밥은 도저히 못 먹겠어."라는 말을 들은 날이면 다이어리에 비폭력대화 모델을 활용하여 대화 연습을 했다.

1단계 관찰: "너 밥은 도저히 못 먹겠어."라는 말을 들었을 때,
(보이는 대로, 들리는 대로, 있는 그대로 실제 상황을 관찰한다.)
2단계 느낌: 속상한, 가슴이 아픈, 아린, 외로운, 답답한, 우울한, 당황스러운, 절망스러운, …
(상황 속에서 내가 어떻게 느끼는지 느낌말 목록에서 찾아본다.)
3단계 욕구: 능력, 인정, 사랑, 성취, 연결, 사랑, 따뜻함, 이해, 수용, …

(내가 알아차린 느낌이 내면의 어떤 욕구와 연결되는지 찾는다.)

4단계 부탁: 윤정아, 네가 애써 만들었다는 걸 남편이 알아줬다면 좋았을 텐데, 속상하지? 따뜻한 응원이 필요했구나.

(아픈 마음을 스스로 위로하며 애도의 시간을 갖는다.)

상처받은 '나'를 위로하다 보면 조금씩 마음이 풀리며 주변이 보이기 시작한다. 곁에서 맛있게 식사하는 아들이 있고 "엄마 요리가 최고!"라 이야기해 준다. 내 요리가 맛없는 게 아니라 남편 입맛에 맞지 않았을 뿐이란 걸 천천히 이해했다. 비극적 언어표현 뒤에 있는 남편의 비언어적 욕구를 만나는 힘을 키우는데 NVC가 큰 역할을 했다.

미운 말만 골라 하는 남편이지만 내가 아프면 이마를 짚어주고 죽을 끓여주는 따뜻한 마음을 가진 남자였다. 예민한 사람이라 고단한 삶 속에서 비극적 표현을 쓰는 사람이란 것도 NVC 덕분에 알 수 있었다.

아들은 말이 없었다. 잘 놀다가 갑자기 울음과 짜증 섞인 말을 하며 집에 가자고 했다. 신생아 때는 언어를 사용하지 못해 나와 소통이 안 된다 생각했지만, 초등학교 입학 후에도 여전히 나는 아들의 언어를 이해하지 못했다. 아들은 자기 스스로도 자신의 감정을 정확히 인지하지 못했을 뿐만 아니라, 나도 그런 아들과 어떻게 소통해야 하는지 적절한 방법을 찾지 못하고 있었다.

비폭력대화의 관찰, 느낌, 욕구, 부탁을 배웠지만, 실제 상황에서 적절하게 활용하는 것은 또 다른 능력을 요구한다. 매번 대화를 시도하고 실패했다. 집에 돌아와 NVC 모델로 내 마음을 들여다봤다. 사랑, 연결, 이해, 수용, 성취, 명료함… 내 마음에 숨겨진 수많은 욕구를 만나고 나면 혼란스럽던 마음이 조금이나마 편안해진다. 내 마음을 다독이고 나면 다시 용기를 낼 수 있었다.

소통은 자신의 마음이 안정적일 때 가능하다. 상대가 자신을 표현하는 언어적·비언어적 말을 들을 수 있어야 하기 때문이다. 잘 들은 후, 따뜻한 호기심 상대 마음의 문을 두드리다 보면 그를 이해할 기회가 오기도 한다.

'속상해? 답답해? 재미있게 놀고 싶었던 거야? 친구들이 같이 놀면 좋았겠구나.' 같은 말로 아들의 마음을 똑똑 두드리던 어느 날, 아들이 속말을 꺼내놓았다. 말이 없던 아들이 수다쟁이가 되었을 때, 드디어 나도 한시름 놓고 편안하게 아들을 바라볼 수 있었다. 가깝지만 가장 어려운 남편과 아들의 관계를 풀어내고 나니, 세상 무엇도 두렵지 않았다.

긴 시간 꾸준한 연습이 필요로 하는 NVC 대화법이지만, 사람의 관계에서 필요로 하는 언어적·비언어적 소통 능력을 갖추면 사람을 대할 때 한결 여유가 생겼다. 단순히 대화만 가능한 것이 아니라, 자신감 넘치며 사람과 함께 하는 어떤 일도 가능하리라는 스스로에 대한 믿음이 생겼다. 그 믿음을 발판 삼아 가정이라는 울타리를 넘어 세상으로 들어갈 준비를 시작했다.

타로를 사랑한 소녀, 자격증을 취득한다

마더피스 타로 카드 78장 중 첫 번째 카드는 0번 바보(the Fool)이다. 지금도 바보 카드를 리딩할 때면 마음이 설렌다. 바보는 자기를 망각할 정도로 살아있는 자체를 행복해하며 주변에 어떤 위험이 도사리고 있는지도 완전히 모른 채 걷는 아이와 같다. 넓은 벌판에 물구나무선 소녀가 성큼성큼 걷고 있다.

근처에 악어, 전갈 등의 위험한 동물이 서성이지만, 그는 어느 것도 두려워하지 않는다. 뒤로 보이는 크고 높은 산 정상에는 눈이 덮여 있다. 높이 쳐든 발에 가방이 걸려있다. 가방에 달린 커다란 눈이 세상을 둘러본다. 어린아이가 지금, 이 순간에 집중하듯이 바보는 과거나 미래에 대한 논리적 분석 없이 삶과 삶, 순간에서 순간 사이를 넘나든다. 아이는 감정에 이끌려 재주넘기를 하며 거꾸로 세상을 바라본다.

바보 카드의 두려움 없는 소녀와 같은 모습을 가지고 있을 때 새로운 일을 시작하는 사람은 어떤 면에서는 바보 같다. 무모하고 무계획적으로 보이는 면을 가지고 있기 때문이다. 다른 시각에서 보면 그는 과감하고 용감하며 새로운 시각으로 바라보는 순수한 어린아이와 같다. 미래는 언제나 예측할 수 없는 사건·사고가 생기겠지만 그는 희망찬 미래를 그리며 시작한다.

마음이 심란하고 비난과 평가가 머릿속을 가득 채우는 날이면 조용히 카드 한 장을 뽑았다. 카드 속 인물이 슬퍼 보이면 '내가 지금 슬프구나…', 노랗고 빨간 색이 눈에 들어오면 '지금 내가 기쁜가?', 바보가 보이면 '아, 내가 바보스럽다고 생각하는구나!' 마음거울로 타로 카드를 활용했다. 한 장의 카드가 가진 여러 의미를 읽다 보면, 세상을 보는 나만의 좁은 시야를 넓힐 수 있었다.

눈치 없는 나는 아들이 비언어적 표현을 알아차리지 못할 때면 괴로웠다. 한없이 부족한 엄마 같아 울다가도 아들이 꼬옥 안아 줄 때면 다시 힘을 냈다. 카드 안에서 만나는 '나'도 울다가 웃었다. 그림이 주는 편안함에 종종 위로받았다.

타로 공부를 시작한 지 4년이 되던 해, 한국초월상담교육협회의 타로 카운슬러 자격증을 취득했다. 수학 강사로 일하고 있었지만, 내가 그동안 익힌 타로로 주변 사람의 삶을 좀 더 행복하게 돕고 싶었다.

꿈에 부풀어 바쁜 와중에 야심 차게 타로교재를 만들었지만, 타로 카운슬러 자격증만 가진 나에게 타로 수업을 들으러 오는 이는 아무도 없었다. 준비가 좀 더 필요한 시기였음을 고백한다.

코로나19를 거치며 시작한 새로운 도전, 이혜마음챙김

아들이 학교에 조금씩 적응하면서 나는 사회생활을 조금씩 늘려갔다. 2017년에는 한살림 비폭력대화 그룹모임을 만들어 운영했고, 그다음 해에는 수학 강사 일을 시작했다. 타로 카운슬러 자격증도 취득하면서, 나의 경험을 풀어낼 수 있는 일을 하고 싶었다. 그러나, 코로나19로 세상이 멈추고 수학 강사 일마저도 그만두면서 심리적 우울감이 커졌다.

코로나19는 많은 사람의 일상을 변하게 했다. 2019년 11월 첫 코로나 환자가 발생하고 코로나19는 두 달도 채 되지 않아 우리나라 첫 확진자가 발생하고 급속도로 퍼지며 사회적 관계가 단절되었다. 사람들이 서로 만나지 않을 때 인간 발달에 미치는 부정적 영향에 관한 연구 결과보고서가 쏟아졌다.

2020년 중학교 1학년이 된 조카가 게임에 빠져 학교생활이 무너졌다. 사촌 집안은 매일 공부 문제로 소리를 지르고 주먹이 날아다녔지만 해결되지 않았다. 바깥 활동이 끊긴 채 집 안에만 머무는 식구들이 아옹다옹하던 시기였다. 우리 집은 내가 일을 그만두면서 곧 안정을 찾았다. 전국에 있는 수많은 가정이 사촌과 같은 어려움을 겪고 있단 생각에 미치자, 이들을 돕고 싶은 마음이 불쑥 올라왔다.

온라인 수업 초기에 힘들어하던 아들은 나와 함께 공부 습관을 다시 만들었다. 아이가 자기주도학습을 할 수 있으려면 인내심과 메타인지가 필요하다. 아동기 아이들은 자신이 매일 학습할 수 있는 양을 갑자기 가늠할 수 없다. 특히, 빽빽한 스케줄로 학원만 다니던 아이들은 더더욱 불가능하다. 인내심을 가지고 일정 주기별로 학습량을 조정해 보아야 하며, 자신에게 적절한 학습량을 찾아갈 수 있는 메타인지까지 필요한 고난도 작업이 자기주도적 학습이다.

부모가 자녀의 공부 습관이 자리 잡도록 도와준다면, 아이는 학습의 부담을 덜고 자신에게 맞는 공부를 할 수 있다. 부모는 불안한 마음에 잔소리할 필요가 없어지며 사랑의 마음으로 아이를 지켜보기만 하면 된다. 나와 아들의 갈등을 해결했던 경험을 바탕으로 '수학대화'라는 NVC를 활용한 부모교육상품을 만들었다. 부모와 자녀의 갈등을 해결할 수 있는 공부 습관 만들기 온라인 부모교육 강의였다.

대한민국의 평범한 가정들이 평화롭기를 기원하는 마음으로 만든 '수학대화'는 예상치 못한 높은 호응을 얻었다. 단기특강으로 시작한 강의는 2주 특강, 21일, 100일 등의 다양한 형태로 수업을 진행했다. 아이들과 실랑이하던 엄마들이 많다는 걸 확인하며, 2022년 5월 '이혜마음챙김' 교육회사를 만들어 본격적인 온라인 교육을 시작했다.

무늬는 사장, 알고 보면 일당백 사원

자기주도학습은 부모와 자녀의 긍정적 관계가 형성되어 있어야 가능하다. 서로 신뢰하고 이해하는 상태가 아닌 경우, 절대 부모가 자녀의 공부 습관 만들기를 도와줄 수 없다. 수학대화 부모교육상품이 큰 호응을 얻은 듯했지만, 코로나19가 장기화하며 부모수요가 급감했다.

다시, 시작하는 여성들

교육상품 하나로 회사를 차렸으나, 새로운 길을 모색해야 했다. 우선, '이혜마음챙김'이 교육회사임을 사람들에게 알리는 일이 시급했다. 기업 고객을 유치하기 위해 새로운 상품을 개발했다. 기존 강의하던 비폭력대화, 심리타로, 진로교육, CS마음챙김 등의 상품을 정리하는 것은 어렵지 않았다. 중요한 것은 이혜마음챙김이 해당 교육을 진행하는 기업교육 및 부모교육 전문성을 고객에게 보여 주는 일이었다. 블로그와 홈페이지 만드는 일이 시급했다.

나는 사진 찍는 걸 극도로 싫어했다. 매주 한살림 NVC 그룹활동을 하고 학교나 명상센터 등에서 NVC 및 타로 강의를 해 왔지만, 사진 찍는 걸 좋아하지 않아 한 장도 가지고 있지 않았다. 회사가 그동안 어떤 활동을 했는지 보여줘야 하는데, 사진이 없는 상황은 홍보 차원에서 큰 문제가 되었다. 부랴부랴 10년 치 사진을 뒤졌다. 교육참가자가 찍어주었던 사진 몇 장을 겨우 찾을 수 있었다.

교육회사는 좋은 교육상품을 판매하는 일을 하는 회사이다. 동시에 이를 유지 & 관리하기 위한 다양한 업무가 동시에 진행된다. 블로그 및 홈페이지 작업 및 관리, 강의 의뢰에 응답뿐만 아니라 매출 매입 관리, 브랜딩 전략 및 홍보 등 각 부서에서 이루어지는 모든 일을 나 홀로 처리해야 했다. 나는 사장이자 강사이면서 홍보부장, 전략부장, 시스템관리부장, 영업사원이었다.

한 번에 단 하나만 집중하는 나는 동시에 여러 업무를 해야 하는 때가 곤혹스럽다. 이럴 때면 도망가거나 숨어버리던 내 예전 습관이 꿈틀댄다. 다행히 지금은 도망치지 않고 마음을 다잡는 힘을 가지고 있다.

내가 회사의 모든 일을 편히 할 수 있으려면 적어도 3~4년의 시간이 더 필요할 것이다. 익숙해질 때까지 해야 능숙해지니까 말이다. 업무에 능숙해지면 또 다른 세상이 나를 기다리고 있을 것이다. 더 큰 세상을 경험할 날을 설레는 마음으로 기다려본다.

다시, 시작하는 여성들

여성에게 커리어는
'삶'이다

그토록 지겨웠던 집안일이 지금은 내 삶을 반짝이게 만들어주는 기쁨으로 바뀐 걸 보면 세상은 살아볼 만하다는 생각이 든다. 도저히 이해되지 않던 아들과는 오늘도 머리를 맞대고 웹툰 '노0하개'를 보며 낄낄댄다. 매일 아침이면 똑같이 태양이 뜨지만, 다정한 아들과 함께하는 지금의 내 마음은 빛으로 충만하다.

내가 원하지 않는 상황에 묶여 원망도 하고 자책도 했던 시간 속에서 내가 할 수 있는 것은 버티는 것이었다. 하루에도 몇 번씩 실패하고 깨지기를 수 없이 하며 울다 쓰러져 잠들었다. 포기하고 싶었지만, 눈앞에 있는 아들을 살리겠다고 다시 방법을 찾아 헤맸다. 끝날 것 같지 않던 시도가 어느 순간 성공했고 그 뒤로 성공의 횟수가 늘어났다.

성공 횟수는 기하급수적으로 늘었고 이젠 가사일 뿐만 아니라, 다양한 분야의 일에 도전하는데 두려움이 없다. 하루살이처럼 살고 있는 듯해 스스로 바보스럽다고 생각했는데, 오히려 하루가 전부인 것처럼 살았던 시간이 지금의 나를 만들어줬다.

지금은 교육 강사이자 상담심리사로 활동하고 있다. 울면서 밥하고 빨래했던 경험이 누군가를 이해하는 데 도움이 된다. 깊은 상실과 우울 속에서 헤맬 때의 괴로움을 알기에 다른 누군가의 아픔과 함께할 수 있다. 내가 좋아하고 잘 할 수 있는 일을 시작했지만, 부족한 부분은 언제나 존재한다.

나는 여성에게 커리어는 삶이라 생각한다. 여성으로 살면서 겪게 되는 수많은 일은 당신을 성장시킬 것이다. 지금 종교 생활을 하든, 집에서 밥을 하든, 할머니 병간호하든, 당신이 무슨 일을 하고 있든지 그것은 앞으로 당신의 삶을 빛나게 해 줄 자산이 될 것이라 감히 이야기하고 싶다. 경력 단절이라는 사건조차 맘에 들지 않는 포장지에 싸인 선물이 될 것이다. 조개 속 진주처럼 당신에게 하늘이 내린 보석 같은 선물을 꼭 풀어보길 바란다.

다시, 시작하는 여성들

맘에 들지 않는 포장지에 싸인 보석 같은 선물_황윤정

꿈을 가진 여성들의 경력단절 극복기

다시, 시작하는 여성들

초판 1쇄 발행　2024년 09월 05일
2쇄 발행　2024년 10월 14일

지은이　김선영, 임하율, 김지혜, 길진화, 남승화, 황윤정
디자인　달그림자디자인

펴낸이　박지우
펴낸곳　인굿북스
주　소　경기도 수원시 팔달구 고등로 13
출판등록번호　제 2023-000009 호
홈페이지　www.ingood.kr
이메일　ingood@ingood.kr

ISBN　979-11-986310-8-4